結婚相[illegible]前世の宿敵!?
溺愛されても許しません

柚子れもん

Yuzu Lemon Presents

fairy kiss

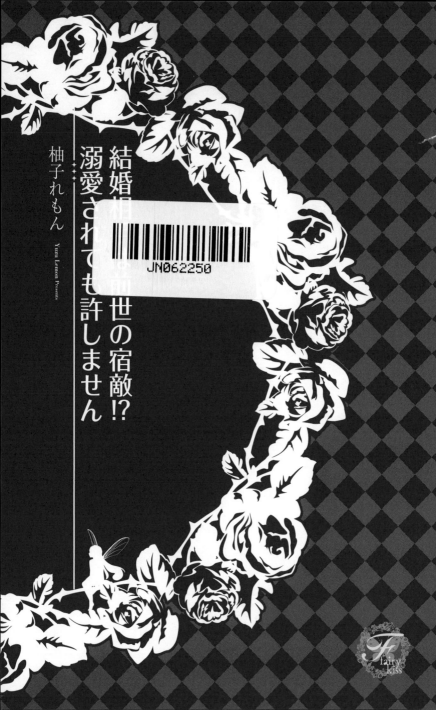

この作品はフィクションです。
実際の人物・団体・事件などに一切関係ありません。

結婚相手は前世の宿敵!?
溺愛されても許しません

第一章

「フェレル伯爵令嬢エレイン！　君の横暴にはもううんざりだ。私は真実の愛に出会ってしまった。よって、ここに婚約破棄を宣言する‼」

固唾をのんで見守る観衆の下、まるで劇中のセリフのような勇ましい声が王宮の広間に響き渡る。

今まさに悪役に仕立てられ、王太子エドウィンに婚約破棄を宣言されたエレインは、内心で大きなため息をついてしまった。

……さて、どうするべきか。

おそらくこれはエドウィンの独断だろう。

その証拠に、彼の背後に控える家臣たちはあからさまに慌てた表情を浮かべている。

ここでエレインが泣き崩れながら許しを乞えば、「フェレル伯爵令嬢も反省しておりますので……」とエドウィンの機嫌を損ねないように、誰かがこの場をとりなしてくれることだろう。

だが――。

（……なんで私が、そこまでしなければいけないのかしら）

エレインはエレインなりに、今まで婚約者として献身的にエドウィンを支えてきたつもりだった。

面倒くさがりで努力が嫌いな彼を傍《そば》で支えようと、王太子妃としてだけでなく王太子としても必要な知識を身につけた。

彼が周囲から反感を買わないように、優しく公務への出席を促した。

……浮気だって許容した。

今彼の隣で勝ち誇った笑みを浮かべている男爵令嬢だって、愛人としてなら傍に置いても構わないと言っておいたのに……。

(何もかも、無下にされたわけね)

エレインの献身など、エドウィンには欠片《かけら》も響いていなかったのだ。

どうせここでエレインが折れたとしても、また同じことが繰り返されるだけだろう。

そんなのは馬鹿らしい。

端的に言えば、エレインは怒っていた。ほとほと愛想が尽きてしまったのだ。

もうどうにでもなれ。婚約者ではなくなったのだから、エドウィンがどれだけ苦労しようが破滅しようがエレインの知ったことではない。

そう考えると久方ぶりの解放感が押し寄せて、エレインは知らず知らずのうちに笑みを浮かべていた。

まさかエドウィンも、婚約破棄を言い渡したばかりの相手がこの上なく嬉《うれ》しそうな笑顔を見せてくれるとは思っていなかったのだろう。

ぎょっとした表情の元婚約者に、エレインは思わず周囲が息をのむほど美しくお辞儀をしてみせる。

「承知いたしました、エドウィン殿下。どうかお二人の未来が素晴らしいものでありますようお祈り申し上げます」

そんな心にもない言葉を述べ、エレインは金色の髪をなびかせ颯爽《さっそう》と踵《きびす》を返す。

驚く人々の合間を縫って、すがすがしい気分で広間を後にした。

このまま婚約が破棄されるのか、「どうかお考え直しください」と家臣が頭を下げに来るのかはわからない。

だがしばらくの間は、わずらわしい責務から解放されてのびのびと過ごせそうだ。

あえてあまり使われることのない、薄暗い回廊を進みながら、さて明日から何をしようか……と、自由な時間に思いを馳《は》せる。

（……この機会に、探してみようかしら）

幼い頃から、エレインには周囲の人間と決定的に違う点があった。

いわゆる「前世」の記憶を持っていたのだ。

かつてエレインは、「リーファ」という名の女騎士だった。

今はもう、地図にも載っていない小国で。

賢く優しい女王の下、人々を守るために剣を振るっていた。

あの時守りたかった国はもうない。仕えていた主《あるじ》や仲間たちも、生きてはいない。

それでも……ふとした瞬間に思い出さずにはいられないのだ。

ほんの少しだけでも、「リーファ」が生きた時代の痕跡がどこかに残っていないだろうか……と。

ずっと探しに行きたかった。だが伯爵令嬢であり王太子の婚約者であったエレインにそんな自由は与えられていない。

でも、今なら……。

「傷心旅行」とでも言い訳をして、長年の願いを叶《かな》えられないだろうか。

そんな考えが浮かんだ時だった。

「お待ちください、フェレル伯爵令嬢」

背後から自身の名を呼ぶ声が聞こえ、エレインは足を止める。

家臣たちはやはりエレインを連れ戻すことにしたのだろうか。

いつも長ったらしく中身のない会議をしているくせに、こういう時ばかり迅速なものだ。

そんな呆《あき》れを含みつつ、エレインは背後を振り返る。

そして、思わず顔をしかめてしまった。

そこにいたのは、にやにやといやらしい笑みを浮かべる、エレインも一応は面識がある貴族の男だ。

だが、彼はまかり間違っても国の上層部の意思を伝達するような重要な役目を負う人間ではない。

家名と財力だけで、名ばかりの役職についているぼんくら息子……それがエレインの彼に対する率直な評価だった。

（……となると、何故私に声をかけてきたのかしら）

もう少し、彼の出方を見よう。

そう決めた十秒後には、エレインは己の判断を後悔することになる。

「おぉ、なんとお可哀《かわい》そうなフェレル伯爵令嬢……。こっそり涙を流したいのなら、喜んでこの胸を貸しましょう！」

彼はそんな世迷事《よまいごと》をのたまいながら、ふらふらとした足取りで距離を詰めてきたのだ。

（うわ、酒臭……！）

エレインはすぐに事態を理解した。

おおかた酔っ払った勢いで、王太子に捨てられたばかりの哀れな女にちょっかいをかけて、あわよくばモノにしようというのだろう。

あまりに浅はかで低俗な行動だ。

「……結構です」

とりあえずは、きちんと言葉で断っておく。

ここで退いてくれるのなら、それ以上咎《とが》めないつもりだった。

だが――。

「なんと慎み深い……。だが、そう遠慮せずともよいのですよ」

なんと酔っ払い貴族は、図々《ずうずう》しくエレインの腰を抱いてきたのだ。

至近距離で囁《ささや》かれ、むせ返るような酒臭さに吐き気がする。

一瞬で鳥肌が立ち、エレインは心の中で盛大に舌打ちをした。

「結構ですと申し上げたはずですが」

「うぐっ！」

明確な拒絶の意志を込めて、相手の胸に肘打ちを叩《たた》き込む。

これが、最後通告だ。

だが残念なことに、それでも相手は気づかなかった。

自分が誰を相手に、いかに愚かな行為をしているのかを。

「クソッ……下手に出れば調子に乗りやがって……！」

ふらふらとよろめきながら、酔っ払い貴族はエレインに殴りかかってきたのだ。

（緊急時で、防衛の意志があって、こちらに正当性もある……よし）

「……正当防衛ですから、恨まないでくださいませ」

そう呟《つぶや》き、エレインはいとも簡単にひらりと身をかわす。

そして、ふらつく男に足を引っかけバランスを崩させると、その腹めがけて一気に拳を叩き込んだ。

「ぐふっ……!?」

うめき声を上げて、貴族の男は背後の壁に激突し、ぐしゃりと床に崩れ落ちた。

つま先で軽く蹴りを入れてみたが、目立った反応はない。

どうやら気絶しているようだ。

「恨むなら、馬鹿な自分を恨むのね」

これでも前世は国を守る騎士だったのだ。

こんなくだらない酔っ払いなど、目を瞑《つぶ》ってでも対処できる自信がある。

「はぁ……帰ろ」

あの男の酒臭さが移ってしまったような気がして不快だ。

早く風呂に入って身を清めたい。

正式に婚約破棄が発表されたらいろいろと騒がしくなるだろう。

その前に、さっさと傷心旅行に出発してしまうのもいいかもしれない。

そんなことを考え、足を踏み出そうとした時だった。

ぱちぱちぱち――と。

この場にはそぐわない、乾いた拍手の音が耳に届いた。

「誰⁉」

エレインは即座に身構え、音の方向へと振り返る。

そして、驚きに目を見開いた。

天窓から差し込む月明かりを浴びるようにして、一人の男が立っていた。

夜の闇に溶けてしまいそうな漆黒の髪。

シャープな輪郭に、すっと通った鼻梁《びりょう》、涼しげな目元。

年の頃は二十代くらいだろうか。エレインよりもずっと長身だ。

そして何より印象的なのは、興味深げにこちらに向けられた、美しく澄んだ翡翠《ひすい》の瞳だ。

まるで一枚の絵画のように、舞台劇のワンシーンのように、その男はそこに佇《たたず》んでいた。

……いったい、いつから？

（……ありえない。いくら酔っ払いに絡まれていたとはいえ、私が気配に気づかなかったなんて……！）

エレインは知らず知らずのうちに息をのんでいた。

この男はエレインに気づかれないように気配を消し、こちらの様子を窺《うかが》っていた。

そして今、自らの存在をエレインに気づかせようとわざと手を叩いてみせたのだ。

そこになんの意図があるのかわからない。わからないからこそ、底冷えするような恐ろしさを感じてしまうのだ。

「……何者ですか」

怖気《おじけ》づいたのを隠すように、エレインはしっかりとした声で問いかける。

見た目だけなら舞踏会に出席している貴族のようにも見えるが、こんなところにいるのは明らかにおかしい。

無視されることも予想していたが、意外にもその男はあっさりと答えてくれた。

「ユーゼル・ガリアッドだ。隣国ブリガンディアにて、ガリアッド公爵位を賜っている……と言った方がわかりやすいかな？」

「なっ……」

男の口にした言葉に、エレインは絶句した。

隣国ブリガンディアは、ここフィンドール王国とは比べるべくもない大国だ。

そこで公爵位を賜っている者とくれば……王太子エドウィンとも同格——いや、どちらかといえば格上の相手となる。

……目の前の男が言っていることが、本当だと仮定すればの話だが。

「……それはそれは、お見苦しい場面をお見せして申し訳ございません、公爵閣下。こんなところにいらっしゃるよりも、広間での舞踏会に参加する方がよほど有意義だと思いますが」

「いや……それよりも、こちらの方がよほど興味を惹《ひ》かれる」

目の前の男——ユーゼルの目がエレインを捉え、にやりと笑った。

次の瞬間、彼は凄《すさ》まじいスピードで駆け出した。

こちらへ——エレインのいる方へ向かって。

「なっ……！」

全身の肌がびりびりと警戒を促す。

久しく——「エレイン」として生まれ落ちてからは、経験することのなかった感覚。

これは……戦場で強敵と相対した時の感覚だ。

体がなまっていたからか、油断してしまっていたのか、まったく反応できなかった。

こんなの、予想外にもほどがある……！

（まさか、私を殺すつもり……!?）

あっという間に目の前に——それこそ目と鼻の先に、ユーゼルが現れる。

彼に少しでもその気があれば、簡単にエレインの命を刈り取れる距離だ。

「っ……！」

自らの死を予期して、エレインは息をのむ。

ユーゼルはエレインへと手を伸ばし、そして――。

「!?」

足元に跪《ひざま》いたかと思うと、恭しくエレインの手を取り甲へと口づけたのだ。

「……え？」

「君が華麗に先ほどの男を撃退する姿に心を奪われた。どうか、我が妻となってくれないだろうか」

「…………はぁ!?」

予想もしなかった突然の求婚に、エレインの頭は真っ白になってしまう。

ちょっと待て。今、この男はなんと言った!?

妻となってほしい？　まさか、今のは求婚だったのか!?

前世は女騎士として戦いに生き、今世は幼い頃から好きでもない王太子の婚約者として苦労続きだった。

つまりエレイン・フェレルという人間は、恋愛面においては経験も耐性もほぼゼロだったのである。

（つつつ、妻となってほしいってどういうこと!?　心を奪われたって、私のこと好きになったってこと!?　そんな馬鹿な!!）

真っ赤になるエレインを見つめ、ユーゼルはにやりと笑う。

「その反応を見る限り、満更でもなさそうだな」

「っ……馬鹿にしないでください！」

かっとなって、エレインはユーゼルの手を振り払う。

そのまま後退し、頬を赤く染めたままユーゼルを睨《にら》みつけた。

（この人、油断ならないわ……）

今世では初めて出会った、得体の知れない相手だ。

きっとエレインに求婚したのも、本気でそう思っているわけではなく、なんらかの意図があるか、ただの戯れなのだろう。

そう思うと、からかわれたことに怒りが湧いてくる。

「……申し訳ありませんが、わたくし、自分より弱い殿方には興味ありませんの」

彼はエレインが先ほどの男を撃退する場面を目撃したと言っていた。

同じ目に遭いたくないならば、下手な手には出ないだろう。

そんな思いを込めて挑戦的な笑みを浮かべると、ユーゼルは驚いたように目を丸くする。

しかしそのまま引くかと思いきや、彼はとんでもないことを言い出した。

「そうか、ならば好きなだけ試すといい」

「へ？」

「ここで戦《や》ろう。俺が勝ったら求婚を受けてもらう」

ユーゼルは腰に佩《は》いていた二本の剣のうち、一本をエレインの方へと投げてよこした。

「なっ⁉」

「君の美しい肌に傷をつけるのは気が進まない。剣の打ち合いで構わないか？」

反射的に剣を受け取ってから、エレインは絶句した。

（な、何言ってるのこの人……！）

エレインが引くと思ったのか、それとも……こちらに負けないだけの、自信と実力を兼ね備えているのか。

エレインはなんとか真意を読み取ろうと、じっと目の前の男を見つめた。

彼はエレインの視線に気づくと、愉快そうに口角を上げる。

「どうした？　そう熱烈に見つめられると照れるな。もちろん、今すぐ求婚を受けてくれるというならそれでも――」

「ふっ……ふざけないでください！」

またもやからかわれた気がして、エレインは慌てて言い返す。

どうせ、エレインを侮っているのだろう。

深窓の令嬢が剣など扱えるわけがないと、高を括《くく》っているのかもしれない。

（いいわ。お望み通りに試してあげる）

剣を構えると、自然に闘志がみなぎってくる。

エレインの雰囲気が変わったのを感じ取ったのか、ユーゼルも笑みを消して剣を構える。

「先に剣を取り落とした方が負けだ。……それじゃあ、始めようか」

「えぇ、いつでもどうぞ」

動いたのは、ほぼ同時だった。

すぐに、薄暗い廊下は剣を打ち合う甲高い音で満たされた。

(なるほど……ただのはったりじゃないみたいね)

まだ小手調べの段階だが、少なくとも佩いていた剣はただの飾りじゃないようだ。

現に、彼は涼しい表情を崩していない。

それなりの実力を持っているのは間違いないだろう。

(いいじゃない。燃えてきたわ……!)

久方ぶりの、血が沸き立つような興奮が全身を駆け巡る。

エレインは知らず知らずのうちに、口元に笑みを浮かべていた。

まるでダンスでもしているかのように、二人は一進一退の攻防を繰り広げる。

「美しいな」

不意に、ユーゼルがそう呟いた。

彼の意志の強そうな瞳は、まっすぐにエレインに向けられている。

「君の動きは、まるで蝶《ちょう》が舞うように可憐《かれん》だ。思わず魅入《みい》られて、何もかもを捧《ささ》げたくなる」

「ならば、今すぐ勝利を捧げてくださってもよいのですよ?」

挑発するようにそう告げると、ユーゼルはくつくつと笑った。

涼しげな瞳に、情熱の色が宿る。

「君が妻になってくれるというのなら、何もかもを捧げよう」

「ご冗談を。それに、蝶だなんて油断していると痛い目を見ますわよ」

これでも、前世ではいくつもの死線を潜《くぐ》り抜けてきたのだ。

ただ美しいだけの見世物だと侮られるのは屈辱だ。

確かに、屈強な男性に比べれば力は劣るだろう。

だが、その分エレインは自分だけの武器を持っている。

しなやかな肢体から繰り広げられる柔軟性に富んだ動きと、小柄な体格を最大限に生かしたスピード勝負。

それらを組み合わせれば――。

「っ……！」

舞い踊るように美しく、そして素早く剣を振るうエレインの動きに、ユーゼルは初めて焦りの表情を見せた。

間一髪、彼が背後に大きく後退したことで討ちそこなってしまった。

あと少し判断が遅れていれば、勝利の女神はエレインに微笑《ほほえ》んでいたというのに。

「なるほど……。蝶のように舞い、蜂のように刺す、というわけか」

「降参ならいつでも受けつけておりますが」

そう言ってエレインが挑戦的に笑うと、ユーゼルはますます愉快そうな表情になる。

「綺麗《きれい》な薔薇《ばら》には棘《とげ》がある……か。おもしろい」

ユーゼルの視線がまっすぐにこちらを捉える。

その瞳に、今までにない力強い光——まるで強い執着のような気配を感じ取り、エレインの背筋にぞくりと冷たいものが走る。

(何……なんなの……?)

知らず知らずのうちに、剣を掴《つか》む腕が震える。

どんな強敵を前にしても、こんな風に怖気づいたことなんてなかったのに。

何か、忘れていた大事なことがある。

厳重に蓋をしていたはずの何かが、引きずり出されようとしている。

呼吸が乱れる。額を冷や汗が伝い落ちる。

いったい、目の前の男はなんなのか……!?

「ますます、君のことが欲しくなった」

ぺろりと唇を舐《な》め、ユーゼルがそう口にする。

その途端、彼の纏《まと》う気配が変わった。

エレインが息をのむと同時に、彼は一気に駆け出し距離を詰めてくる。

「っ……!」

……予想はできていた。どう対応するかも、頭に描けていたはずだった。

それなのに、こちらに迫るユーゼルの姿を目にした途端……エレインはまるで時が止まったかのように動けなくなってしまったのだ。

逆手で剣を手にする、特徴的なその構えが。

目の前のユーゼルと同じように剣を振るう男の姿が、脳裏にフラッシュバックする。

「ぁ……」

どうして、忘れていたのだろう。

前世の記憶にところどころ抜けている部分があることには気づいていた。

だが、そんなものかと深く気にしたことはなかった。

……今思えば、きっと本能で忘れようとしていたのだろう。

かつてエレイン──「リーファ」が誰よりも信頼し、裏切られ、死に追いやられる原因となった男のことを。

「シグルド……？」

無意識にそう口にした声は、果たしてユーゼルに届いたのだろうか。

啞然《あぜん》とするエレインの前で、ユーゼルは鮮やかに剣を振るう。

体に強い衝撃が走り、エレインの手にしていた剣が弾《はじ》き飛ばされる。

「やっと捕まえた」

そう耳に届いた途端、ずきりと頭に強烈な痛みが走り、記憶の洪水に襲われる。

「あぁぁっ！」

自らを守るかのごとく体を搔《か》き抱きながら、ぷつりと糸が切れたようにエレインの意識は闇にのまれていった。

◇◇◇

──「リーファ、こっちよ！」

──「リーファ隊長、今回はどうします？」

懐かしい声が聞こえる。

目を開ければ、風の吹きすさぶ草原が広がっていた。

周囲にいるのは、何度も共に戦場を駆けた仲間たち。

（あぁ、ここは……）

背後を振り返れば、草原の向こうに街がある。何よりも目を引くのは、中央の丘の上にそびえたつ水晶の宮殿だ。

優れた魔法技術により、小国ながらも発展を続ける栄華の都。

この美しい国と、水晶宮に座す美しき女王を、命を賭しても守りたかった。

（……そうか、これは）

これは、前世──エレインが「リーファ」として生きていた頃の夢だ。

前世の夢を見るのは初めてではない。

昔から何度も何度も、こうしてもう帰れない憧憬を見せられていた。

「二手に分かれて挟み撃ちを。絶対に街へは近づけないように」

「了解！」

リーファの指示を受け、仲間たちは迷うことなく自身の取るべき行動へと移る。

リーファも息を吸い、一点を見据える。

遥《はる》か草原の向こうから迫る影は、魔獣の大群だ。

だが恐れはしない。

仲間と共に、守るべき者のために戦う。それこそが、リーファの人生そのものなのだから。

意識を集中させ、全身に魔力を駆け巡らせる。

そして、リーファは勢いよく地を蹴って走り出した。


「ふぅ……こんなものかしら」

魔獣の残党が逃げ帰るのを尻目に、リーファは額の汗を拭った。

結果は快勝。仲間たちは一人も欠けることなく傍にいる。

「はぁ～、疲れた……」

「帰って酒飲もうぜ、酒」

仲間たちは軽口を叩きながら帰路につき始めている。

今宵《こよい》の酒場は、さぞかし賑《にぎ》わうことだろう。

あまり羽目を外しすぎないように釘を刺しておいた方がいいかもしれない。

そんなことを考えながら、リーファも皆の後に続こうとした時だった。

「え……？」

まるで誰かに呼ばれたような気がして、リーファは背後を振り返る。

夕陽が草原を照らし、あたり一面が茜《あかね》色に染まっている。

そんな美しい光景の中、リーファが「それ」に気づけたのはある意味奇跡だったのかもしれない。

背の高い草が生い茂る一帯に、何か大きく黒いものが横たわっているのが見える。

魔獣の亡骸《なきがら》だろうか。普段なら気にも留めないことが、何故か気にかかった。

「リーファ隊長？」

呼び止める声に背を向け、リーファは一歩一歩近づいていく。

草をかき分けるようにして覗《のぞ》き込み……思わず息をのんだ。

「人……？」

そこに倒れていたのは、見知らぬ男だった。

慌てて屈《かが》み込み、まだ呼吸があることに安堵《あんど》する。

「リーファ、どうしたの？」

「要救助者を発見したわ！　運ぶのを手伝って！」

リーファの仕える高潔で優しい女王なら、決して行き倒れた人間を見捨てるような真似はしない。

すぐに保護し、宮殿へ迎え入れるように命じるだろう。

そう思っていたからこそ、リーファも仲間たちも男を救うのに躊躇《ちゅうちょ》はなかった。

（それにしても、いったい何があったのかしら……）

リーファは眼下に倒れ伏した男をつぶさに観察する。

不意に、男の瞼《まぶた》が震え……ゆっくりと開かれていく。

美しい、翡翠のような瞳と視線が合う。

（綺麗な目……）

それが、彼——シグルドに抱いた第一印象だった。


……もしもこの後に未来で起こる出来事を知っていたのなら、絶対に彼を助けなかったのに。

この手で、息の根を止めてやったのに。

そんな強い後悔が、「エレイン」の胸を刺す。


あの時彼を救助し、連れ帰ってしまったことを。

……敵国のスパイである人間を迎え入れ、祖国の滅亡を招いてしまったことを。

エレインは今でも、後悔し続けているのだ。

◇◇◇

「ん……」

カーテンの隙間から漏れる朝の日差しが、やんわりと覚醒を促す。

エレインはゆるゆると重い瞼を開けた。

視界に映るのは、見慣れたフェレル伯爵邸の自室の光景だ。

(あれ、私……)

王太子エドウィンに婚約破棄を言い渡され、酔っ払いに絡まれ、挙句の果てには隣国の公爵と名乗る前世の怨敵に求婚されたような気がするが……。

「ええ、きっと夢だわ」

エレインは即座にそう結論付けた。

だって、そんな奇想天外な出来事が次々と起こるなんてありえない。

妙にリアルな夢だったのだろう。

(まぁでも、対処はしておいた方がいいでしょうね。エドウィン殿下に愛人がいるのは事実なんだし、私の方からそれとなく婚約を解消する方向に誘導して……)

そんな風に今後の段取りを頭に思い描いていると――。

とんとん、と扉を叩く音が聞こえ、入室を許可する間もなく扉が開かれる。

その向こうから顔をのぞかせたのは、エレインの両親だった。

彼らはエレインが起きているのに気づくと、驚いたような表情を浮かべた。

「お父様、お母様？　何をそんなに驚いて――」

「エレイン！」

言い終わる前に、涙を浮かべた母が抱き着いてくる。

「よかった、本当によかったわ……！」

「え、お母様？　少々大げさでは――」

「大げさなものか！　エレイン、お前は丸三日も眠ったまま目覚めなかったのだぞ⁉」

「え？」

いつもと同じように朝目覚めただけだと思っていたエレインは仰天した。

いったい何がどうして、そんな事態になっているというのか。

「いきなりエドウィン殿下に婚約破棄を申し渡されるなんて、つらかったわね、エレイン……」

（夢、じゃない……⁉）

母の言葉に、エレインは慌てた。

まさか、あの婚約破棄騒動は夢ではなく現実の出来事だったのだろうか。

……王太子エドウィンに婚約破棄されたこと自体はどうでもいい。

問題は、その後の――。

「でも、神様はあなたの努力を、献身をしっかりと見ていてくださったのね！　まさか、婚約を破棄された直後にガリアッド公爵に求婚されるなんて！」

（うわあぁぁぁぁ‼）

恐れていた事態が起こってしまい、エレインは心の中で絶叫した。

「お、落ち着いてくださいお母様！　私は求婚なんて――」

「我が未来の花嫁が目覚めたと伺いましたが、お顔を拝見しても？」

「うぎゃ！」

もっとも聞きたくない声が耳に届き、エレインは潰れたカエルのような悲鳴を上げてしまった。

おそるおそる視線を上げると、先ほど両親が入ってきた扉の向こうに……見覚えのある男の姿が。

（シグルド……！）

前世の宿敵……の（おそらく）生まれ変わりの姿に、エレインは固まってしまった。

「どうぞお入りください公爵閣下。あなたは我が娘の救世主です！」

（やめてお父様！　そいつは救世主どころか私の宿敵よ!!）

隣国ブリガンディアの公爵――ユーゼル・ガリアッド。

なんの因果かエレインに求婚してきた、前世の宿敵だ。

わなわなと震えている間に、どんどんとユーゼルが近づいてくる。

彼の手がこちらへ伸ばされ、エレインは危害を加えられるのでは……と思わず身構える。

だが――。

「よかった……」

まるで大切な宝物を扱うように繊細に、彼はエレインの髪をそっと梳《す》いたのだ。

（どうして、そんな風に……）

わからない。彼が何を考えているのか、どうしてエレインに近づいてきたのか、まったくわからない。

（国を、私を、裏切ったくせに……）

エレイン――「リーファ」の大切にしていたすべてを踏みにじって、死に追いやったくせに。

何故今になって、こんな風に優しくするのだろうか。

前世の罪滅ぼしのつもりなのか、それとも……。

エレインはぎゅっと唇を噛《か》みしめた。

今すぐいけしゃあしゃあと婚約者面をする目の前の男に飛びかかり、首を締め上げたいくらいだが、両親の前でそんな蛮行に及ぶわけにはいかない。

「……ごめんなさい、お父様、お母様……公爵閣下。私、起きたばかりで少々混乱しておりまして……現在の状況をお伺いしても？」

怒りを押し殺し、そう問いかけると、両親はすぐに状況を教えてくれた。

ひとまず、王太子エドウィンとエレインの婚約は円満に解消されたらしい。

そしてその直後、悲嘆に暮れるエレインを見つけた隣国ブリガンディアのガリアッド公爵が求婚し、エレインは喜んで彼の求婚を受け入れた。ついでに喜びのあまり気絶した。

二人の婚約は既に両国の国王にも認められ、正式なものとなっている……らしい。

（……私が気絶している間に、よくもそこまでスムーズに事を進められたものね）

エレインは少し呆れてしまった。

だが、それも無理はないのかもしれない。

小国フィンドールの伯爵令嬢、それも王太子に婚約破棄されたばかりのエレインの立場を考えると、大国ブリガンディアの公爵からの求婚なんて、まさに神の救いの手のようなものだ。

理想の淑女たれと振舞っていたエレインであれば、喜びこそすれど断るはずがないと、周囲は考えたのだろう。

きらきらと目を輝かせながら事の顚末《てんまつ》を語る両親を見ていれば、彼らもユーゼルとエレインの婚約を喜んでいるのが手に取るようにわかる。

今世で大切に育ててくれた二人を悲しませたくはない。

だがエレインには、白黒つけなければならない因縁があるのだ。

「……お父様、お母様。少しの間だけ、公爵閣下と二人にしてくださいませんか？」

そう頼み込むと、二人はぱっと顔を輝かせた。

「おっと、そうだったな。気が利かなくてすまない」

「ふふ、よかったわねエレイン。公爵閣下に失礼のないようにね！」

(ごめんなさい、お母様。それはたぶん無理ね)

そう心の中で謝りながら、エレインは笑顔で部屋を出ていく二人を見送った。

ぱたんと扉が閉まった瞬間、すっと浮かべていた笑みが抜け落ちる。

「目覚めて早々俺と二人になりたいとは、ずいぶんと熱烈だな」

「ふざけないで」

からかうようにそう声をかけてきたユーゼルを、エレインは鋭い視線で睨みつける。

彼は前世でエレインのすべてを奪った宿敵だ。

可能であれば今すぐその首を掻き切り復讐《ふくしゅう》を遂げたいところだが、まずは彼の真意を確かめなければ。

「いったい、なんのつもりなの。……シグルド」

あえて前世の名で呼びかけると、ユーゼル――シグルドはすっと表情を消した。

やっと化けの皮が剝がれるのか……とエレインは身構えたが――。

「俺を試しているのか？　君に恋焦がれる男の前で、別の男の名を呼ぶのはやめた方がいい」

「は？」

ベッドの脇に屈み込んだユーゼルは自然な動きでエレインの顎先を掬《すく》い取り、顔を近づけてきたのだ。

「……君はいつも俺の心をかき乱す。眠り姫のような君も美しいが、やはりその澄んだ瞳が俺を映してくれるのに勝る喜びはない」

「……え、ちょっと」

「戦場では舞姫のように可憐な動きで俺を翻弄したかと思えば、小鳥のように気絶し俺の心を捕らえて離さない……とんだファム・ファタールだ」

「いや、あの――」

「それとも……すべて君の作戦なのか？　そんなことをしなくとも、俺の心は既に君にしか――」

「いいから話を聞け！」

素面《しらふ》で恥ずかしすぎるセリフをべらべらと並べ立てるユーゼルの頭に、羞恥心に耐えきれなくなったエレインは渾身《こんしん》のチョップをお見舞いした。

「本当に、なんのつもりなの⁉　答えなさい、シグルド‼」

怒りと羞恥で頬を真っ赤に染めながら、エレインはあらためてそう問い詰めた。

だがユーゼルは、何故か気分を害したようにむっとした表情になる。

「……ユーゼル・ガリアッドだ」

「……え？」

「君の夫となる男の名だ。よく覚えておくといい」

「いや、だから……それはあなたの今の名前でしょう？　そうじゃなくて、シグルドは――」

「誰だ、そいつは」

「え……………？」

ユーゼルの口から発せられた言葉に、エレインの心臓が嫌な音を立てる。

目の前の男――ユーゼルは、エレインの仇敵《きゅうてき》シグルドの生まれ変わりだ。

それは間違いない。エレインの魂がそう叫んでいる。

今まで、自分と同じように前世の記憶を持つ人間に出会ったことはなかった。

だが、シグルドはわざわざ今世では面識のないエレインに声をかけてきたのだ。

エレインが前世――「リーファ」の記憶を忘れていないように、ユーゼルも当然「シグルド」だった時の記憶を保持しているものかと思っていたが、まさか――。

「何も、覚えていないの……？」

呆然《ぼうぜん》とそう呟くエレインの頬を、ユーゼルの指先が優しく滑る。

一瞬、それが「ちゃんと覚えている」という返事だとエレインは期待しかけたが――。

「どこの誰の話をしているのかは知らないが、人違いだ。俺は生まれた時からユーゼル・ガリアッドだった。シグルドなどという名前に覚えはない」

……心臓に、剣を突き刺されたような気がした。

目の前の男は、エレインとは違い前世の記憶を持っていない。

何も、覚えていないのだ。

(そんな、嘘《うそ》……)

あの美しかった王国のことも、裏切りも、リーファのことも、何もかも……。

(忘れてしまったというの……？　そんなことって、ある……？)

エレインは、忘れられないのに。今も、こんなに苦しんでいるというのに。

真っ青な顔で黙り込んだエレインの背を、ユーゼルがそっと撫《な》でた。

「……何があったのかは知らないが、今の君は俺の婚約者だ。そういう約束だっただろう？」

――勝負に勝ったら求婚を受け入れる。

確かにエレインはそうユーゼルが持ちかけた勝負に乗り、そして負けた。

それは紛れもない事実だ。

「……わかりました」

投げやりな気分でそう答えると、ユーゼルがそっと耳元で囁いた。

「誰のことをそんなに気にしているのかは知らないが、すべて忘れろ。いや、俺が忘れさせてやる。君は俺の妻となるのだから」

単なる口説き文句だと、受け流すことはできなかった。

（忘れさせてやる、ですって……？）

前世の出来事とはいえ、シグルドがリーファにしたことを、大切な祖国を滅亡へと追いやり、すべてを奪ったことを、忘れろなんて。

（よくも、そんなことが言えたものね……！）

胸の奥底から湧き上がってくるのは、マグマのような怒りだった。

許さない。絶対に許さない。

己の罪を忘れ去り、リーファの生まれ変わりであるエレインに求婚してきたことを――。

（必ず、後悔させてやる……！）

爪が肌に食い込むほど拳を握りしめ、エレインは強くユーゼルを睨みつける。

ユーゼルは怯《ひる》むことも不快を露《あらわ》にすることもなく、愉快そうに口角を上げる。

「あぁ……いいな」

彼はエレインと視線を合わせ、嬉しくてたまらないとでもいうように笑った。

「君のその苛烈な瞳は、どんな宝石よりも美しい。どうか、これからも俺を愉《たの》しませてくれ」

「ええ、仰せのままに」

お望み通り、すぐにその喉笛に喰《く》らいついてやる。

そんな決意を込め、エレインは誰もが見惚《みと》れそうな笑みを浮かべてみせた。

◇◇◇

晴れてユーゼルの婚約者となったエレインは、体調が回復次第彼の故郷である大国ブリガンディアへと向かうこととなっている。

「ブリガンディアのガリアッド公爵家といえば、ご息女が世にも珍しい『魔力持ち』であると伺いました。きっとエレインお嬢様の義妹となられる御方《おかた》のことですね」

「ええ、そのようね」

両親や使用人たちは、嬉々《きき》として今後の心構えや必要な情報を教えてくれる。

当然のことながら、彼らはエレインとユーゼルの婚約を祝福しているのだ。

エレインにとってユーゼルは絶対に許せない怨敵だが、復讐を遂げる際にはあまり彼らが悲嘆しないような方法を選んだ方がいいかもしれない。

(殺《や》る時はうまく外部の犯行に見せられるようにしないとね)

頭の中のメモにそう書き留め、エレインは渡された資料に目を通す。

ここ数日で、ブリガンディア王国やガリアッド公爵家の情報はおおかた頭に入れることができた。

(それにしても、「魔力持ち」か……)

エレインが前世で仕えていた王国は、優れた魔法文明によって支えられていた。

ところが今世に生まれ落ちてみれば、魔法文明はずいぶんと衰退しており驚いたものだ。

現にエレインも、前世とは違い魔法を使えない。

それだけ希少な存在なのだ。現世においての「魔力持ち」は。

（ユーゼル・ガリアッドの妹ねぇ……）

兄の選んだ婚約者の手によって、兄を殺されるとは不憫《ふびん》なものだ。

彼女の境遇に同情はするが、復讐を思いとどまるつもりはない。

（絶対に、許さない）

手にした資料がぐしゃりと歪《ゆが》む。

いつも優しいエレインお嬢様がただならぬ殺気を放つ異常事態に、メイドたちが「ひっ」と息をのんだ時だった。

コンコン、と軽い音を立て、自室の扉がノックされる。

慌てて対応したメイドが、部屋の扉を開けた瞬間歓喜の悲鳴を上げる。

「急にすまない。我が婚約者の調子はどうかな？」

「ガリアッド公爵閣下……！　どうぞお入りください‼」

優しく淑やかなお嬢様が、窮地を救ってくれた婚約者を拒むはずがないとの思い込みのもと、メイドはいとも簡単にエレインの宿敵を部屋に通してしまう。

（ちょっとー！　まだ心の準備が……⁉）

とっさに文句を言おうとしたエレインは、やってきたユーゼルの姿に絶句してしまった。

「……なんですか、それは」

ユーゼル……らしき人間の姿は、彼の抱える巨大な薔薇の花束で隠れていたのだ。

その大きさときたら、両手で抱えるのも一苦労なほど。

控えていたメイドたちが数人がかりで花束を受け取り、やっとその後ろからユーゼルが姿を現す。

彼は困惑するエレインに、憎らしいほど上機嫌に笑みを浮かべてみせた。

「この薔薇は、君への俺の想いの証《あかし》だ」

「え？」

「もしかして……三百六十五本の薔薇の花束では⁉」

メイドの一人が頬を上気させながらそう口にする。

その言葉で、エレインの優秀な頭脳は即座に正解を導き出してしまった。

花言葉も淑女にとっての教養の一つであり、エレインも当然頭に入れている。

花束を贈る際はもちろん、身に着けるモチーフ一つにも重要な意味が込められている場合があるからだ。

特に薔薇は色や本数によって意味が変わり、三百六十五本の薔薇を贈る意味は――。

「『毎日、君が恋しい』」

いつの間にか至近距離まで近づいてきていたユーゼルが、エレインの脳裏に浮かんだ言葉をそっくりそのまま口にした。

「っ……！」

その途端、ぶわりと体温が上昇する。

「な、な……」

文句を言いたいのに、ぱくぱくと口を開閉するだけで言葉にならない。

自身の贈った薔薇と同じ色に頬を染めるエレインを見て、ユーゼルは満足げな笑みを浮かべた。

「俺の想いは伝わったか？」

「ど……どこからこんな大量の薔薇を持ってきたんですか!?」

「王都中の花屋を駆け回った」

「花屋荒らし！　迷惑ですよ!!」

「君に贈ると話したら皆喜んでくれたが？　君は多くの者に愛されているんだな」

王太子エドウィンの横暴と、そんな彼を支える献身的な婚約者エレインの話は、いつの間にか庶民の間でも話の種となっていたのだ。

そんなエレインが婚約破棄され、「王太子許すまじ！」となるところに颯爽と現れたのがユーゼルの存在である。

今や彼の存在は、民衆の間でも「不遇な令嬢を救い出したヒーロー」として語り継がれ始めているようだった。

「君が俺と共にブリガンディアに出立する際には、皆見送りに来てくれると言っていた。盛大な旅立ちにしよう」

「……もう、勝手にしてください」

恥ずかしい。あまりに恥ずかしすぎる。

エレインにとってのユーゼルはこんなにも恨んでいる宿敵なのに、周囲からは「お似合いカップルですね！」と盛大に応援されているとは。

羞恥心に顔を赤らめ、両手で顔を覆うという年相応な可愛《かわい》らしい面を見せるエレインに、メイドたちは「まぁ……！」と色めき立った。

さすがのエレインも自分一人を置いてきぼりにして、どんどん幸せな結婚への外堀が埋められているのに気づかざるを得なかった。

（くっ、殺す……！　この浮かれポンチ男を絶対に殺してやる……！）

三百六十五本の花束なんて派手な贈り物を用意し、あまつさえエレインとの結婚を方々に触れ回っているとは。

浮かれすぎにもほどがある。

前世のシグルドは寡黙でクールな青年だったはずなのにどうしてこうなった。

羞恥心にわなわなと震えるエレインをどう思ったのか、ユーゼルはメイドの抱えていた花束から一輪だけ薔薇の花を引き抜くと、手頃な長さに折った。

そして、そっとエレインの髪に飾ったのだ。

「早く元気になってくれ、俺の花嫁」

そっと前髪をかきあげられたかと思うと、額に優しい口づけが落とされる。

エレインは動揺しすぎて、「ひょわ……！」という気の抜けた悲鳴を上げることしかできなかった。

「明日もまた来よう、楽しみにしていてくれ」

そう言い残すと、ユーゼルは颯爽と部屋を後にした。

……まだ動揺のあまり固まったままのエレインを残して。

「今の見た？　なんて素敵な御方なのかしら……」

「エドウィン殿下なんかよりもよっぽどお嬢様とお似合いです！　婚約破棄されてむしろラッキーでしたね！」

「三百六十五本の花束なんてロマンチック……。ほら、こんなにフローラルな香りが溢《あふ》れて……」

「くっ、換気するわ‼」

むせ返るような薔薇の香りに先ほどの甘々なユーゼルを思い出し、再び赤面したエレインは、慌てて窓を全開にして新鮮な空気を取り込むのだった。

第二章

エレインが故郷を発《た》つその日、フェレル伯爵邸は大変な賑わいとなっていた。

(いや……いくらなんでも派手すぎない?)

巷《ちまた》で話題のビッグカップルを一目見ようと、多くの者がワクワクとした表情でエレインたちが出てくるのを今か今かと待ち構えているのだ。

更に、いつの間にやらユーゼルがブリガンディア王国から呼び寄せた馬車を見て、エレインは開いた口が塞がらなかった。

白と金を基調とし、あちこちに華やかな装飾が施された六頭立ての馬車は、もはや馬車というより芸術品のようだった。

王族の結婚式だって、これほど壮麗ではなかったはずだ。

「見てください! まるで物語の中から抜け出してきたみたい……」

「ふふ、エドウィン殿下がこの光景を見たら腰を抜かすに決まってます!」

「王家は真っ青でしょうね。エドウィン殿下とあの泥棒猫の挙式なんて、今日の光景に比べたら見劣りするに決まってますもの」

きゃっきゃっと盛り上がるメイドたちを尻目に、エレインはため息が止まらなかった。

(あの浮かれポンチめ……!)

何故こんなド派手な馬車を用意する必要があるというのか。

今すぐユーゼルを呼び出して、三十秒以内で説明しろと言ってやりたい。

……実際に彼を目の前に呼び出したら、いつもみたいにこっぱずかしい口説き文句を垂れ流すに決まっているので、実際にそうする勇気はないのだが。

(……はぁ、本当になんなのよ)

例の三百六十五本の薔薇事件以来、ユーゼルは言葉に違《たが》わず毎日エレインの元へと訪れていた。

……毎回、派手な贈り物を携えて。

おかげで花屋だけでなく、王都中の仕立て屋、菓子屋、宝飾店などがずいぶんと潤ったそうだ。

ユーゼルの行動に触発されて、婚約者や意中の相手へ熱烈に贈り物をするのがにわかにブームになったそうで、一部では「ガリアッド景気」と呼ばれているのだとか。

経済が潤うのは大いに結構なのだが、エレインはいまだにユーゼルの求愛を受け止めきれずにいた。

(だって、絶対におかしい……)

ユーゼルの前世である「シグルド」は、口数が少なく表情も乏しく、基本的に何を考えているかわからない青年だった。

性格は冷徹でクールそのもの。

まかり間違っても、婚約者に数百本の薔薇を贈るような情熱的な人間ではなかったはずなのだが……。

(転生すると、こんなに性格が変わるものなの……!?)

優しい淑女の仮面をかぶっているとはいえ、エレインと前世の「リーファ」は本質的に同じ人間だ。

だから、たとえ記憶がなくともシグルドもユーゼルも同じようなものだと思っていたのだが——。

——「君の笑顔は、この世界で一番輝く太陽のようだ」

——「君の美しさを表現するにはどんな言葉でも足りない。ただただ見惚れてしまう俺を許してくれ」

——「……もうこんな時間か。君と一緒にいると、時間が止まってしまうような気がするな」

——「君と出会ってから、それこそ世界が変わったような気がするんだ。この世界はこんなに美しかったのかと、毎日驚かされる。もっとも、その中で一番魅力的なのは君なんだが」

毎日毎日そんな甘い言葉の雨を浴びせられては、エレインもたまったものではない。

ユーゼルを殺すために毎日牙を研いでいるというのに、口に砂糖菓子を詰め込むのはやめてほしい。

せっかく研いだ牙も虫歯になってしまうではないか。

(ユーゼルは宿敵……。私のすべてを奪った許さざる相手……絶対に復讐しなきゃ……)

何度も何度もそう自分に言い聞かせても、いざユーゼルに会い、真正面から溶けてしまいそうになるほどの愛情を浴びせられると……あっという間にふにゃふにゃにされ、ただただ恥じらうことしかできなくなってしまうのだ。

(なんなの⁉ これもユーゼルの作戦なの……⁉)

実はエレインが自分を殺そうとしていることに気づいていて、やる気を削《そ》ごうとしているのだろうか。

それならばたいした策士だ。

実際にエレインは、彼を前にすると思考回路がまともに働かなくなってしまうのだから。

(でも、遠慮するのはもう終わり。ここを出たら、チャンスがあり次第その首を掻き切ってやるんだから)

今までユーゼルに牙をむかなかったのは、(顔を合わせるたびに口説かれて本調子じゃなかったのもあるが)育ててくれた両親や周囲の者たちへの義理ゆえだ。

故郷を出て、後腐れなくユーゼルを葬り去る機会が訪れたのなら……エレインは躊躇しない。

前世からの復讐を遂げてやる。リーファの祖国を裏切り、リーファを死に追いやった報いを受けさせるのだ。

◇◇◇

「……お待たせいたしました」

出立の準備が整ったエレインは、渋々階下で待っていたユーゼルの元に姿を現す。

やってきたエレインの姿を見て、ユーゼルは驚いたように目を丸くした。

その反応になんだか胸がざわめいて、エレインはぷい、とそっぽを向きながら早口でまくし立てる。

「な、なんですか……！　言っておきますけど、これはあなたが用意した衣装であって似合っていないのはあなたの審美眼が――」

「誰が、似合っていないと？」

立ち上がったユーゼルがこちらへ歩みを進めてくるのが見えて、エレインは思わずびくりと肩を跳ねさせてしまう。

「あまりに似合いすぎていて、見惚れてしまっていただけだ」

ユーゼルはそっとエレインの手を取り、恭しく指先に口づけた。

「っ……！」

相変わらずの熱烈な態度に、エレインはやっぱり赤面してしまった。

本日のエレインは、ユーゼルがこの日のために王都中を駆け回って選定したドレスを身に纏っている。

華奢《きゃしゃ》な肩から優雅に流れ落ちる生地は、エレインの瞳と同じく鮮やかなブルーアゲートの色に染められている。

ネックラインには滝のように繊細なレースが施され、エレインの華奢な鎖骨を縁取っている。

細く長い袖は上品なフリルで飾られ、美しい手首を優雅に際立たせていた。

何層にも重なったキラキラと輝くシルクの生地がボリュームのあるスカートを形成し、エレインが動くたびに美しく波打っている。

まるで寄せては返す、静かな海の波のようだった。

その場に居合わせた者は、その幻想的な光景に目を奪われずにはいられなかった。

まさにエレインの優雅さと気品を最大限に引き立てる、至高の一品と言ってもよいだろう。

「もしも似合わないなどとほざく輩《やから》がいたら、俺が反逆罪でつるし上げてやろう」

「何に対する反逆なんですか……！」

相も変わらず意味不明なことをのたまうユーゼルに、エレインはやっぱり調子が狂ってしまう。

「とっても綺麗よ、エレイン」

「お前が王太子殿下に婚約破棄されたと聞いた時はどうなることかと思ったが、こんなに素晴らしい御仁が見つけてくださるとは……ガリアッド公爵閣下、あなたになら喜んで娘を任せられます」

既に感極まって号泣する両親に、エレインは苦虫を嚙みつぶしたような表情になりそうなのを必死に堪《こら》えた。

駄目だ、完璧に二人はユーゼルに懐柔されてしまっている。

(恐るべき人心掌握能力……そうやって、前世の私も騙《だま》したわけね)

前世からの怒りを思い出すと、少しだけ落ち着きを取り戻すことができた。

(そうやって余裕の笑みを浮かべていられるのも今のうちよ……)

「あなた方が大切に育ててくださったエレインは必ず幸せにします」などとのたまうユーゼルを眺めながら、エレインは怒りからか恥ずかしさからか頬を薔薇色に染めるのだった。


「おめでとうございます！　フェレル伯爵令嬢！」

「ガリアッド公爵とお幸せに！」

「二人の門出に祝福を!!」

ユーゼルの用意した派手な馬車が伯爵邸の敷地を出ると、待ち構えていた人々から次々と祝福の言葉がかけられる。

フラワーシャワーが空を舞い、あちこちから歓声が上がった。

いかにも、ユーゼルが好みそうな演出だ。

「……これも、あなたの差し金ですか？」

なんだか気恥ずかしさを覚えたエレインは、そっぽを向いたまま隣に座るユーゼルにそう問いかける。

だがユーゼルは、そんなエレインの態度も愉快だとでもいうように笑った。

「いや？　残念ながらこれは俺の仕込みではない」

「え？」

「皆が君を祝いたがっていると前にも言っただろう。俺が呼んだのではなく、彼らは自発的に君を祝いに来たんだ。それだけ、君が好かれているということだな」

「っ……！」

当然だとでもいうようにユーゼルが口にした言葉に、エレインは言葉に詰まってしまった。

……「エレイン」として生まれ、前世を思い出してからずっと、どこか心の片隅に空虚な思いを抱えていた。

「皆の望む伯爵令嬢」として、敷かれた道の上を歩き続けるだけの人生。

それでもよいと思っていた。夫となる王太子に愛されていなくても、幸せになれなくても、それなりに穏やかな人生を送ることができるだろう。

そう思っていたのに……。

「皆、君の幸せを心から願っていたんだ」

ユーゼルの言葉に、胸が熱くなる。

エレインが勝手に心を閉ざしていただけで、周りはいつもエレインのことを心配してくれていたのだ。

そんな彼らの思いに、応えたい。

「ほら、笑って手を振るんだ。花嫁がそんな不安そうな顔をしていては、俺は君の幸せを願う者たちに石を投げられてしまう」

「……あなたは一回くらい投げられた方がいいわ」

ぼそりとそう言うと、ユーゼルは愉快そうな笑みを浮かべた。

相変わらず、気に障る男だ。

前世の因縁をさっぱり忘れているのも気に入らないし……こうやって、エレインの心の奥底に響くような言葉をさらっと口にしてしまうのも癪《しゃく》に障る。

(でも、今だけ……)

「エレイン・フェレル」を愛してくれた者たちのために、笑ってみよう。

エレインが笑顔で手を振ると、集まった者たちからこの日一番の歓声が上がった。

溢れるような祝福の声を背に、エレインはこの日、複雑な思いで故郷を発ったのだった。

◇◇◇

(くっ、甘く見てた……)

絵に描いたような幸せな門出の数時間後、エレインは早くも爆発寸前だった。

狭い馬車の中に、ユーゼルと二人きり。

しかもユーゼルときたら、まったくペースを落とすことなくエレインを口説き続けているのだ。

忍耐力には自信のあるエレインだったが、早々に限界を迎えていた。

「あの日、君を初めて見た時に電撃が走ったんだ。今まで色恋沙汰に現《うつつ》を抜かす者を馬鹿だと思っていたが、初めてその気持ちがわかったよ。運命の相手に出会うというのは、こんなにも――」

「あぁもう！　ちょっと黙ってもらえませんか？」

「視線で君に愛を伝えろというのか。俺の姫君は無茶なことを言う。だが他ならぬ君の望みだというのならやってみよう」

今度は至近距離で穴が開くほど見つめられ、エレインは思わずユーゼルの顔をぐい、と遠くに押しやった。

「視線がうるさい！」

「ならば動作で伝えようか」

「えぇ、私の視界の範囲外で求愛ダンスでも踊って……っ！」

急に手を取られ、エレインはびくりと体を跳ねさせてしまった。

エレインの手を取ったユーゼルは、しげしげと傷一つない白魚のような手先を眺めている。

（うっ、やっぱり視線がうるさい……。でも、さっきよりはマシなような……っ⁉）

急にすり……と手の甲を優しく撫でられ、エレインは再びびくりと肩を跳ねさせた。

ちらりと視線をやれば、ユーゼルは特にこちらを驚かせようと企《たくら》んでいる様子もなく、ただただ熱心にエレインの手を眺めたり触れたりしている。

（このくらいなら、私が我慢すれば……）

耳元でしつこく愛の言葉を語られたり、至近距離で見つめられることに比べればマシだ。

伯爵家のメイドたちが日夜手入れを欠かさなかったエレインの手は、自慢じゃないがしなやかで美しい。

観察されたり、多少触れられたりするくらいなら、なんとか許容範囲で――。

「っぅ……！」

今度は指と指の間をゆっくりとなぞられ、とっさに声が出そうになってしまう。

体にじわりと甘い痺《しび》れが走り、思わず零《こぼ》れた吐息には熱が籠っているような気がしてならない。

文句を言って手をひっこめようかとも思ったが、直前で思いとどまる。

……なんとなく、負けたような気がするからだ。

（このくらいなんともないわ。心頭滅却……）

気にするから気になるのだ。

エレインが過剰な反応を返せば、ユーゼルは調子に乗って「君は敏感なんだな」みたいなことを言うに決まっている。

そんなことを言われたら、恥ずかしくて馬車から飛び降りない自信がない。

（大丈夫、小動物がじゃれているだけだと思えばなんとか……）

外の景色でも見ながら、気を落ち着けよう。

エレインはわざとユーゼルから視線を外し、窓の外を流れていく景色に集中しようとしたが――。

「ひゃっ⁉」

急に指先に濡《ぬ》れた感触を覚え、ひっくり返った声が出てしまう。

反射的に振り返ると、ユーゼルがエレインの指先に唇を落としていた。

彼はエレインが反応したのに気づくと、にやりと笑みを深める。

「どうした？」

どうしたもこうしたもない！　……と口に出したかったが、羞恥心にわなわなと震える唇からはうまく言葉が出てきてくれない。

「君は爪の先まで美しいな。色も、形も……まるで桜貝のように愛らしい」

そんな部分をまじまじと見られたのも、褒められたのも初めてだった。

だから、反応が遅れてしまった。

再びユーゼルがエレインの指先に口づける。

そして更に……ちゅう、と吸ったのだ。

「ぎゃあああぁぁぁぁ!!」

エレインはものすごい勢いで手をひっこめ、後ずさった。

背中が馬車の壁にぶつかり、軽く車体が揺れる。

「ななな、何を……!」

「すまない。どんな味がするのかと思って、つい」

まったく悪びれた様子のないユーゼルに、エレインはリンゴのように真っ赤になった。

(こっ、こいつ……!)

認めよう、エレインの考えが甘かった。

この男、想定以上に手に負えない……!

「か……勝手にべたべたしないでくださいませ」

真っ赤な顔でそうまくし立てると、ユーゼルはむっとしたような表情になる。

「何故だ。俺たちは婚約者だろう」

「それは！　あなたが一方的にけしかけた勝負でしょう⁉」

勝てると思ってエレインも勝負を受けたのだが、その事実は棚に上げておく。

「ガリアッド公爵ともあろう御方が、半ば無理やり婚約を結んで相手を手籠《てご》めにするおつもりで？

まさか、口説き落とす自信もないとは驚きですね」

挑発するようにそう言うと、ユーゼルは驚いたように目を丸くする。

そしてその直後……なんとも愉快そうに口角を上げたのだ。

「なるほど、さすが俺のお姫様は難攻不落だな。……わかった。お望み通り口説き落としてみせよう」

ユーゼルの瞳の奥に、ぎらりと熱情の炎が灯《とも》ったのがわかった。

ぞくりと背筋に冷たいものが走り、エレインは冷や汗をかいた。

(今ので……よかったのよね？　何か変な火をつけちゃったような気が……)

なんとなくユーゼルの方を見ていられなくて、エレインは慌てて視線を逸《そ》らすのだった。

◇◇◇

「……部屋替えを要求します」

「無理だ」

その夜、ブリガンディア王国までの道中に立ち寄った宿にて……エレインは頭を抱えていた。

何しろ、本日宿泊予定の部屋はユーゼルとの二人部屋だったのだ。

さすがにベッドは二つあるが……とてもこの男と同じ空間で一晩過ごせるとは思えない。

「私たちはまだ結婚前ですよ⁉　このケダモノ‼」

「人聞きの悪いことを言うんじゃない。俺たちの噂《うわさ》を聞いて宿の者が気を利かせた結果だ。それに……」

ユーゼルが一歩近づいてきたので、エレインはびくりと体を跳ねさせてしまう。

そんなエレインの様子を見て、ユーゼルは少し困ったように笑った。

「そう怯《おび》えるな。約束通り、君の気持ちがこちらへ向くまでは手を出すつもりはない」

「お、怯えてなんていませんけど⁉　……とにかく、その言葉、違えたら許しませんからね」

なんだか自分だけが我儘《わがまま》を言っているような気がして、エレインは気恥ずかしさにそっぽを向く。

すると、頭上でユーゼルがくすりと笑う気配がした。

「まるで気難しい猫だな」

「……誰が、なんですって？」

「まぁいい、明日も早いんだ。今夜は早く寝るといい」

そう言うと、ユーゼルはぷりぷり怒るエレインを尻目に、さっさと寝る体勢になってしまった。

「なっ……」

そのあっさりした態度に、エレインは唖然とした後……ふつふつと胸に怒りが湧いてくる。

（あれだけ熱烈に口説いてきたのに、その態度はなんなの⁉　まさか……全部演技だったの？）

思えば最初からおかしかった。

普通、エレインが酔っ払い貴族を撃退した場面を見て「君が華麗に男を撃退する姿に心を奪われた」などと言うだろうか。

(もしかしたら私……利用されてる?)

酔っ払い男を撃退した姿うんぬんはただの方便で、本当は……ただ「王太子に婚約破棄された女」に付け入ろうとしただけではないのだろうか。

婚約破棄された直後なら断るはずがないと、大国の公爵の求婚なんて有難いだろうと、弱みに付け込んだつもりなのだろうか。

(もしかしたら愛人を囲っていて、私は都合のよい形だけの妻にしたいってこと?)

考えれば考えるほど、その可能性が高いような気がしてならなかった。

ちらりとユーゼルの方へ視線をやれば、エレインの葛藤などどこ吹く風で寝入っている様が目に入る。

……とても、恋焦がれる相手への態度だとは思えない。

(………どこまで、人を馬鹿にすれば気が済むのかしら)

急速に心が冷えていく。

仮にエレインの推測通り、都合のよい妻として傍に置きたいというのなら……そう正直に話せばよかったのに。

あんなに伯爵家や王都の人たちを巻き込んで、三百六十五本の薔薇なんて用意して、甘い言葉を囁いて……戸惑うエレインや、喜ぶ者たちを嘲笑《あざわら》っていたのだろうか。

（……許さない）

エレインだけでなく、エレインのことを心配してくれた者たちの気持ちを踏みにじるなんて。

前世での恨みだけでも許せないのに、どれだけ罪を重ねるというのだろう。

エレインは静かに枕の下を手で探った。

そこに隠してあるのは、護身用のナイフだ。

女性の手でも扱いやすい小ぶりなナイフだが……間抜けに寝入っている者の命を奪うだけなら、これで十分だ。

（私の前で隙を見せるのが悪いのよ）

ユーゼルの腕前を信頼しているからだろうか。

公爵という立場に反して、彼の護衛は驚くほど少ない。

だからこそ、これはチャンスだ。

今夜ユーゼルを殺し、エレインは姿を消す。

少し偽装すれば野盗のしわざだと、エレインは攫《さら》われたのだと見せかけることができるだろう。

責任はすべてガリアッド公爵家側にある。フェレル伯爵家側はむしろエレインを守れなかったことを糾弾し、慰謝料だって請求できるかもしれない。

（そう、これでいいわ）

前世からの復讐を遂げ、エレインは自由に生きていく。

裏切り者にはふさわしい幕引きだ。

ナイフを手に、ゆらりと立ち上がる。

耳を澄ませば、ユーゼルの規則正しい寝息が聞こえてくる。

エレインは音を立てないように移動し、ユーゼルのベッドの傍らに立った。

見下ろせば、瞼を閉じた端正な顔がわずかな明かりに浮かび上がる。

一撃で、断末魔すら上げさせずに仕留められる場所を確認し、エレインはゆっくりと腕を上げた。

(さようなら、シグルド)

心の中でそう呟き、ひと思いに刃《やいば》を振り下ろす。

……はずだった。

「っ⁉」

最初は、何が起こったのかわからなかった。

ナイフを持つ腕を摑まれたかと思うと、一瞬でぐるりと視界が回る。

背中に柔らかなベッドの感触を覚えたのと同時に、上から何かがのしかかってきて動きを封じられる。

「ずいぶんと、熱烈なお誘いだな」

頭上から降ってきた言葉に、心臓が嫌な音を立てる。

まさか、眠っていたはずなのに。どうして……。

「……気づいて、いたの」

そう口に出した声は、みっともないほど掠《かす》れていた。

エレインにのしかかるようにして真上からこちらを見下ろす男——ユーゼルは、ひくり、と喉を震わせるエレインを見て、ゆっくりと口角を上げた。

「気づくさ。俺はいつでも君のことばかり考えているからな」

「なら……なんでそんなに嬉しそうなの⁉」

こちらを見下ろす彼は、ひどく嬉しそうな顔をしている。

腕を摑まれ振るうことはできないが、エレインは今まさにナイフを握っているのだ。その切っ先が自身に向けられているのだと、ユーゼルがわからないはずがない。

なのに何故、自分を殺そうとした相手にそんな顔ができるのだろうか。

「それとも、私があなたを殺そうとしていたことに気づかないほど頭がお花畑なんですか？」

挑発するようにあえてそう言ったが、ユーゼルは欠片も動揺せずに笑っている。

「いや？　君が枕の下からナイフを取り出した時から俺を狙ってくることはわかっていた」

「だったらどうして！　護衛でもなんでも呼べばよかったじゃない！」

じわじわと、エレインの胸中を得体の知れない恐怖が侵食している。

……目の前の男が恐ろしい。

彼はエレインが己を殺そうとしたことに気づいていたのに、今の今までなんの手も打たなかったのだ。

やろうと思えば、護衛を呼んでエレインを拘束することだってできたはずなのに。

それなのに、どうして……こんなに嬉しそうに笑えるのだろうか。

「……好意の反対は何か知っているか？」

唐突に、ユーゼルはそう問いかけてきた。

彼の纏う底知れない雰囲気にのまれるようにして、ついついエレインも問いかけに答えてしまう。

「……嫌悪、もしくは憎悪……ですか？」

「いや、違う。正解は『無関心』だ」

エレインの腕を押さえていた手を離し、ユーゼルはゆっくりとシーツに散らばるエレインの金糸のような髪を撫でた。

まるで愛《いと》しい相手に触れるような手つきに、びくりと体が反応してしまう。

「俺を絶望させたいのなら、そんな風に情熱的な目で見るのは逆効果だな」

「なっ、変な言いがかりはやめてください！」

「言いがかりじゃないだろう。現に、君はこうやって俺のところへ来てくれた」

「ひゃっ！」

掬い上げた髪に口づけられ、ぞくりと甘い痺れが走る。

「その、俺のことを殺したくてたまらないという目が……どこまでも俺を熱くさせる」

ユーゼルが大真面目に零した言葉に、エレインは混乱した。

「……は？　殺意を向けられて喜ぶなんておかしいんじゃないですか⁉」

「無関心な態度を取られるよりはずっといい。まぁ、欲を言えばたまには素直に甘えてほしいものだが……」

「絶対しませんから！」

「……まぁいいさ。愛情も、殺意も、相手に抱く大きな感情という点では同じだ」

いや全然違うでしょう……と普段のエレインなら口にしただろうが、何故かユーゼルの瞳に見つめられると、ごくりと唾を飲み込むことしかできなかった。

「君が俺に対して並々ならぬ感情を抱いてくれている。それだけで、俺は嬉しい」

そう言って心底嬉しそうに笑うユーゼルを見ていると、敗北を悟らずにはいられなかった。

……認めよう。今夜はエレインの負けだ。

ユーゼルの思考が、行動がエレインの想像を大きく超えていたのは確かなのだから。

それでも言われっぱなしなのは癪で、エレインは精一杯の矜持《きょうじ》を集めてユーゼルを睨み返した。

「……ふん、ずいぶんと能天気なことを仰《おっしゃ》るのですね。これで私が諦めるとでも？　同じ機会が訪れれば、今度こそあなたの寝首を掻いてやりますから」

そう宣言すると、ユーゼルはすっと表情を消した。

さすがに危機感を覚えたのだろうか……とエレインは胸がすくような気分になったが――。

「それは困るな」

「ひっ!?」

急に顔を近づけてきたユーゼルに耳元で囁かれ、思わず上擦った悲鳴が漏れてしまった。

「何故君が俺の命を狙うのかはよくわからないが……そんな風に毎晩可愛らしく迫られたら、理性を保てる自信がない」

「は？　何を言って――」

「自分に好意を持っている男のベッドに忍び込む意味を、君はもう少し熟考した方がいい
「んひゃっ……！」

かぷり、と軽く耳を食《は》まれ、情けない悲鳴が口から飛び出してしまう。

全身が燃えるように熱い。

反射的に涙が出てきたのか、見上げるユーゼルの顔がぼやけていく。

「……誰でもいいくせに」

言うつもりはなかった。

それなのに、まるで恨み言のように、エレインの口は勝手に感情を吐露してしまう。

「そんな調子のいいことを言って、私を騙せるとでも？　どうせ、都合のよいお飾りの妻だとしか思っていないくせに！」

みっともなくそう言葉をぶつけると、ユーゼルがぱちくりと目を瞬かせた。

「……ちょっと待て、何を言っている？」

「ふん、しらを切るのもいい加減にしてください。ちゃんとわかってますから。どうせあなたには愛人がいて、私は世間体を取り繕うだけの都合のよい存在なんでしょう⁉」

ユーゼルはその言葉に、はっと息をのんだ。

図星を指されたので驚いたのだろうか。

せめてもの矜持でユーゼルを強く睨みつけると、彼は気まずそうな顔をするでもなく……何故か、くつくつと笑い始めたのだ。

「なっ、何がおかしいんですか⁉」

馬鹿にされたような気がして、エレインは思わずそう言い返す。

するとユーゼルは、愛しくてたまらない、とでもいうような優しい目をこちらに向けてきた。

「いや……君が嫉妬してくれたのだと思うと嬉しくてな」

「……は？　嫉妬？」

いったい、この男は何を言っている？

「最初に言っておくが、俺に愛人などいない。どれだけ勘繰ろうが、調べようが、いないものはいないんだ」

「だ、だったら……どうして私なんかに求婚を——」

「君だけだ」

その言葉は、まるで懇願のようにも聞こえた。

「君だけなんだ、こんなにも俺を熱くさせるのは」

そう口にするユーゼルの表情は、いつになく真剣味を帯びていた。

彼の瞳は、エレインしか見ていない。

他の誰も目に入っていないのだと、一瞬でエレインが悟らざるを得ないくらいに。

「だから……泣くな」

ユーゼルの指先が、涙に濡れたエレインの目元を優しく拭う。

真摯な表情でそんなことを言われ、エレインは急に恥ずかしくなってしまった。

これではまるで、ユーゼルに愛人がいるのが嫌で泣いたみたいではないか！

「な、泣いてません！」

「泣いてるじゃないか」

「泣いてない！　これは汗です!!」

「ふぅん……」

「ひっ、舐めないでください！」

ぺろり、とエレインの涙を拭った指先を舐めるユーゼルに、エレインはもはや大混乱だった。

ユーゼル曰《いわ》くエレインが疑うような愛人はいないらしい。それはよかった。

（いや、別によくないわ！　何も解決してないんだから!!）

彼は前世からの宿敵。彼を葬り去らないと、エレインの無念は晴れない。

照れ隠しにそっぽを向くエレインを見て、ユーゼルは優しく笑った。

「心配しなくても、俺には君だけだ。君の勇ましく戦う姿に惚《ほ》れた。それがすべてだ」

「あなた……おかしいですよ」

「そうかもな。君が俺をおかしくさせる」

「あぁもう！」

これ以上ここにいると、エレインまでおかしくなってしまう。

とにかく、今夜はもう無理だ。

ユーゼルを葬り去るのは、またの機会にした方がいい。

そう悟って、エレインはベッドから身を起こす。

「今夜は……戻ります」

だから次の機会を首を洗って待っていろ。

そんな思いを込めたつもりだったが、ユーゼルは何を考えたのか立ち上がりかけたエレインの腕を後ろから引いたのだ。

「ちょ……!」

思わずバランスを崩し、エレインの体はユーゼルの腕の中にすっぽりと納まってしまう。

間近に彼の体温を感じ、少し落ち着きかけた鼓動がまた忙《せわ》しなく暴れ始めた。

「念のため、言っておく」

「な、何を――」

「もしも次に、今夜と同じように俺のベッドに忍び込んできた場合は――」

ユーゼルの手が、するりとエレインの腰のあたりを軽く撫でた。

「ひっ⁉」

「『そういう誘い』だとみなす。……次は止まってやれない」

確かな熱情を感じさせる、低い声が耳に吹き込まれる。

「それでもいいというのなら……いつでも待っている」

それだけ言うと、ユーゼルはぱっとエレインを解放した。

エレインは二、三歩たたらを踏んだ後……ものすごい勢いで自分に割り当てられたベッドへと退避した。

「おやすみ、エレイン」

追い打ちのようにそんな声が降ってきて、エレインは慌てて頭のてっぺんまで毛布をかぶって聞こえない振りをした。

(本当に、なんなのよ……!)

心臓がうるさいほど早鐘を打っている。

頬が燃えるように熱い。

冷静になれ……と自分に言い聞かせても、思考回路がぐちゃぐちゃになってしまったかのようにうまくいかない。

ユーゼルの声が、言葉が、視線が、こちらに触れる温度が……まるで呪いのように消えてくれないのだ。

気がつけば、彼のことばかり考えてしまっている。

(こんなはずじゃ、なかったのに……)

ぎゅっと自分を抱きしめるようにして、エレインは熱い吐息を漏らした。

結局その夜は再び寝込みを襲う気にもならず、かといって安眠できるはずもなく、まんじりともせず夜を明かしたのだった。

◇◇◇

「今日は来ないのか?」

それからというもの、ユーゼルは毎夜エレインに「今夜は殺しに来ないのか?」と尋ねてくるようになった?

しかも、あからさまにワクワクした表情で。

はっきり言って理解できない。この男の思考回路はどうなっているのだろうか。

「……自分に殺意を抱いている人間と、よく護衛もつけずに同じ部屋にいられますね」

嫌みったらしくそう言ってやると、ユーゼルは「わかってないな」とでも言いたげに笑う。

「護衛なんて呼んだら、せっかく君と二人きりで過ごせる時間が台無しじゃないか」

「くっ……」

どこまで冗談なのか本気なのかわからない。

幸いなことに、エレインが踏み込まなければ彼が無理にこちらに迫ってくることはない。

いわば、不可侵条約のようなものだ。

(一応、私の気持ちが変わるまで手を出さないってことは徹底してるのね……)

変なところで律義なユーゼルに、エレインは歯噛みした。

いっそ、彼が攻勢に出れば隙もできるかもしれないのに。

今のユーゼルは、とにかく隙がない。エレインが調子に乗って襲いかかれば、すぐさま攻守逆転して自分の方が狩られる獲物になるのは明らかだ。

だからこそ、動けない。

そんな風に、ちらちらと様子を窺いつつ唸《うな》るエレインのことを、ユーゼルは愛らしい小動物でも眺めるような視線で見つめている。

……そんな目で見ないでほしい。

彼に優しい視線を向けられるだけで、エレインの情緒は乱れてしまうのだから。

「まぁいいさ。そろそろブリガンディアに着く。俺の花嫁を皆に見せびらかすのが待ちきれないよ」

「……私は檻《おり》の中の観賞用の動物ですか？」

「いや？」

ユーゼルの視線はまっすぐにこちらに向けられている。

その瞳は優しく……それでいて、激しい感情を秘めているようだった。

「そんな生易しい存在じゃないだろう。どちらかというと、野を駆ける獣だろうな」

彼がそう口にした時、エレインの胸の中に背反する二つの思いが芽生えた。

一つは、女性を獣扱いだなんて失礼だという至極まっとうな憤り。

もう一つは、彼が「王太子に婚約破棄された伯爵令嬢」ではなく、エレインの内面――本質を見抜いてくれたという……確かな歓喜だった。

だがユーゼルの言葉にわずかでも喜んでしまったという事実が悔しくて、エレインはわざと神経を逆なでするような言葉を舌に乗せる。

「……仮にも結婚相手を猛獣扱いだなんて、どんな教育を受けてきたんですか？」

ユーゼルは怒るでもなく、愉快そうに笑みを深めた。

「……誰もが見惚れる美女の中に、牙を研いだ獣が潜んでいる……そのギャップがたまらないんだ。わかるか？」

「わかりません！　わかりたくもないですし……」

何故かどきどきと早鐘を打ち始めた鼓動を誤魔化すように、エレインはユーゼルに背を向けた。

さっさと寝る体勢に入ろうとするエレインの背に、ユーゼルの優しい声が降ってくる。

「とにかく、俺にとってはそのままの君が何よりも魅力的なんだ。それを忘れないでくれ」

エレインは返事をしなかった。いや……できなかった。

きっと何か声に出せば、気づかれてしまう。

喉が、胸が、心が……大きく震えているのを。

「エレイン」として生まれてからずっと、周囲の期待に応えようと自分を押し殺してきた。

王太子の婚約者、淑やかな伯爵令嬢――そうあろうと努めていた。

だから、こんな風に素の自分を見せて、それを肯定してもらったのは……初めてだった。

（私の――「リーファ」のすべてを奪ったのはあなたなのに、なんでそんなこと言うのよ……）

歓喜と悲嘆がないまぜになって、胸が苦しい。

彼を討ち果たすことができれば、この苦しみから解放される日が来るのだろうか。

ユーゼルに背を向けたまま、エレインはぎゅっと自身を掻き抱いた。

◇◇◇

結局、ユーゼルを殺せないままエレインはブリガンディア王国へと連れてこられてしまった。

さすがは大国。特に王都ともなれば、その賑わいもひときわだ。

石畳の大通りでは、装飾が施された優雅な馬車が馬の蹄《ひづめ》を地面に打ちつけながら、リズミカルに通り過ぎていく。

焼きたてのパンの香ばしい匂いが漂い、屋台が自慢の品々を並べている。

その中を、豊かな布地と鮮やかな色彩の服を身に纏い、人々は臆することなく闊歩《かっぽ》している。

通りを進むガリアッド公爵家の紋章が入った馬車は、当然注目の的だった。

窓越しに人々の視線が突き刺さるような気がして、エレインは外の景色を眺めるのを早々に諦めた。

「国王陛下に婚約の許可を願い出たからな。俺が婚約者を連れてくる話がもう広まっているのかもしれない」

「私が寝ている間に、よくも勝手に事を進められましたね」

もしも目覚めたエレインが「やっぱりあなたと結婚なんて無理！」と言い出したらどうするつもりだったのだろうか。

まぁ、きっと彼は……エレインが一度勝負を受けた以上、後からその結果を覆すことなどないと信じていたのかもしれないが……。

（……よくわかっているじゃないの、私のこと）

騎士にとって、「誓約」は絶対だ。

だからエレインがどれだけユーゼルのことを憎んでいようが、嫌っていようが、「彼と結婚する」という約束自体を撤回することはない。

……それとは別に、ユーゼルを暗殺することは可能だが。

（そうよ。ユーゼルを殺してしまえば、何もかもがうまくいく……）

今まではうまくチャンスが摑めず、ついに彼の拠点にまでやってきてしまった。

だが、住み慣れた場所だからこそ、気が緩むということもあるだろう。

もちろんエレインはユーゼル――前世の宿敵を許すつもりはない。

必ず、その喉笛に嚙みついて、息の根を止めてやる。

（今はせいぜい浮かれてなさい。その油断が命取りよ……）

婚約披露のパーティーはいつ頃にしようか、などと浮かれ気味に話すユーゼルに気のない相槌《あいづち》を打ちながら、エレインは復讐の炎を燃やし続けていた。

洗練された邸宅が並ぶ貴族街――その中でも、ひときわ広大な敷地の一等地にガリアッド公爵邸は存在した。

美しい装飾の施された鋳鉄《ちゅうてつ》の門を抜けると、荘厳な建物が目前に迫ってくる。

その前には、この屋敷の主人であるユーゼル・ガリアッドの帰還を祝うように、多くの者たちが待ち構えていた。

（はぁ、着いてしまった……）

重々しい気分になりながら、エレインが大きくため息をつく。

だが、あからさまにやる気のない様子を見せると使用人たちには警戒されてしまうだろう。

ここは今まで通り完璧な淑女を演じ、使用人たちの警戒を緩めたところで……ユーゼルを殺し本懐を遂げよう。

そう心に決めたエレインは、優雅に微笑みながらユーゼルの手を取り馬車から降り立つ。

すぐに、多くの者の視線がこちらへ集中したのがわかった。

それも当然だ。

まだ年若い主人が、突然異国の女を妻に迎え入れると言って連れ帰ってきたのだ。

怪しい女に騙されたのかと疑うのが普通だろう。

彼らの疑念を和らげようと、エレインは微笑みながら使用人たちの方を向く。

その途端、ざわ……と空気がざわついたのがわかった。

そんな中、可憐なドレスを身に纏う少女が、ユーゼルに向かって小走りで駆けてくる。

「お帰りなさい、お兄様！」

「リアナ、元気にしていたか？」

「はい！」

（なるほど……彼女が噂の「魔力持ち」の公爵令嬢ね）

ユーゼルと同じ黒の髪は艶やかに流れ、翡翠の瞳はきらきらと輝いて久しぶりに会うであろう兄を見つめている。

年の頃はエレインより少しだけ下だろうか。

無邪気な笑顔と、小鳥がさえずるような明るい声からは、彼女が周囲に愛され育ってきたことが窺えた。

（……あの子に恨みはないし、悲しい思いはさせたくないのだけど……仕方ないわ）

エレインがユーゼルを亡き者とした時、きっと彼女は悲嘆の涙を流し慟哭《どうこく》するだろう。

だがそれも、すべてを忘れ去ったシグルドが悪いのであって――。

「あ、あの……」

緊張気味に声をかけられ、ユーゼルを殺す方法を考えていたエレインははっと我に返る。

見れば、ユーゼルの妹――リアナがもじもじしながら、こちらの様子を窺っていた。

「お兄様からお手紙を頂いて……ずっと楽しみに待っていたんです。その、お姉様となる方がいらっしゃるのを……」

頬を染めてこちらを見つめる様子は、なんとも愛らしい。

エレインは罪悪感を覚えながらも、内心を悟られないように穏やかに微笑んでみせた。

「ええ、私も……ユーゼル様の妹君にお会いできる日を待ち望んでおりました」

「リアナ・ガリアッドと申します！　リアナとお呼びくださいい、お姉様！」

「……ありがとう、リアナ。フィンドール王国より参りました、エレイン・フェレルと申します。田舎者ゆえ至らない点ばかりですが、どうぞ大目に見てくださると嬉しいわ」

「そんな、わたくしの方こそ……どうぞよろしくお願いいたします、お姉様！」

満面の笑みを浮かべて、リアナが手を差し出す。

なんの気はなしに、エレインは彼女の手を握り返す。

その瞬間だった。

胸に、心に、温かい感情が溢れ出す。

（なに、これ……）

初めて、ユーゼルがシグルドの生まれ変わりだと悟った時と同じような……それでいて、あの時とは違う、ひたすらに優しく温かな感動が胸を震わせた。

（私は、知ってる……）

この優しく温かな感情を与えてくれる人を。

すべてを包み込み、優しく微笑む存在を知っている。

尊敬していた。敬愛していた。彼女のためなら、何もかもを捧げられた。

それこそ、命ですらも。

……脳裏に懐かしい光景が蘇《よみがえ》る。

美しい王国。仲間と共に駆けた日々。水晶の宮殿に座す、誰からも愛された国の宗主——。

（女王陛下……！）


エレインの目の前にいるリアナは、急に黙り込んだエレインにおろおろと瞳を揺らしている。

だがその頼りない姿の内側に、エレインがずっと会いたかった人がいる。

エレインの前世――リーファが仕えていた賢く優しい女王。

リアナこそが、その生まれ変わりなのだ。

そう気づいてしまったら、もう耐えられなかった。

自然と、エレインはその場に跪いていた。

遠い昔、何度も何度もそうしたように。

「ずっと……お会いできる日を心待ちにしておりました……！」

声を震わせながら、必死にそう伝える。

そして、世界で一番大切な宝物を扱うように……リアナの手を取り、額に当てる。

（今世も、私はあなたをお守りします）

エレインは、そう誓わずにはいられなかった。

生まれ変わったからなんだというのだ。

リアナの魂はエレインが敬愛する女王と同じ。

また巡り合えたのだから、前世と同じようにすべてを捧げる覚悟はできている。

その神聖な誓いのような光景に、集まった使用人たちも、ユーゼルでさえも、何かを感じ取ったように魅入ってしまっていた。

ただ一人当のリアナだけが、「はっ、はい！　わたくしもお会いできて光栄です……！」などと、わたわたしていた。

◇◇◇

エレインの前世——リーファは元々孤児だった。

リーファがまだ幼かった頃、孤児が生きていくのは容易ではなかった。

同じような境遇の孤児と徒党を組み、生きるために悪事にも手を染めた。

特にリーファは運動能力に優れていたので、食料を得るためにスリを働いたことも一度や二度ではない。

「このっ、コソ泥が！」

怒りで顔を真っ赤に染めた店主に追いかけられても、リーファはへっちゃらだった。

軽やかな身のこなしと、大人ですら敵《かな》わない俊足。

後々「最強の女騎士」として名を馳《は》せることになるリーファの基礎的な部分は、きっとあの時代に築かれたのだ。

だが、そんなリーファでも一度だけヘマをしてしまったことがある。

うっかり罠《わな》にはまって店主に捕まり、これまでの恨みとばかりに棍棒《こんぼう》で何度も何度も打ち据えられた。

あの時ばかりは、本当に死を覚悟したものだ。

「生きる価値もないクズめ！」

リーファたち孤児の被害に遭っていた者たちは、誰も助けようとはしなかった。

それどころか、笑いながら生卵やトマトをぶつけてくる始末。

激しい痛みに朦朧《もうろう》とする意識の中で、リーファは考えた。

「生きる価値がないのなら、自分はなんのために生まれてきたのだろう……」と。

そんな時だった。

「お待ちください」

この場の紛糾した空気にそぐわない、涼やかで美しい声が耳に届く。

途端に周囲の者たちはぴたりと動きを止め、リーファはのろのろと顔を上げる。

……最初は、女神が現れたのだと思った。

そこにいたのは、リーファと同じくらいの年の少女だった。

だが、彼女はとても薄汚い孤児のリーファと比べられるような存在ではなかった。

身に纏う衣装は絢爛《けんらん》で美しく、町人が身に着けるものとは一線を画していた。

日の光に照らされた髪は艶やかで、白い頬は陶磁器のように滑らかで傷一つない。

年齢にそぐわない超然とした瞳に見つめられれば、どんな荒くれ者でもおとなしくならざるを得ないだろう。

そんな、不思議な空気を纏う少女だった。

彼女は臆することなくリーファの目の前へと近づき、生卵やトマトの残骸で汚れていた地面に膝をついてみせた。

その途端、彼女の背後にいた者が狼狽《ろうばい》したような声を上げる。

「おやめください、王女殿下！」

（王女……？）

信じられない思いでリーファが視線を上げると、少女は痛ましげな表情でこちらを見つめていた。

「可哀そうに……」

彼女のしなやかな手が、そっとリーファの頭を撫でる。

「王女様！　このガキは許されざる盗人《ぬすっと》です！　そんな風に触れてはなりません！　王女様が汚れてしまいます！」

周囲の町人たちは慌てたように騒いだが、「王女」と呼ばれた少女は静かに首を横に振った。

「彼女が盗みを働いたのだとしたら、それはそうせざるを得ないような環境を作ってしまったわたくしの責任です」

少女は静かに立ち上がると、身に着けていたアクセサリーを一つ一つ外し、並べていく。

「彼女が今まで盗みを働いた分の代償は、わたくしがお支払いいたします。これで足りるかしら」

「め、滅相もない……」

先ほどまでは怒り心頭だった店主たちも、目の前の宝飾品に釘付けのようだ。

彼らがそちらに気を取られている隙に、少女は再びリーファへと声をかける。

「あなた、宮殿に来てはくれないかしら。末永くこの国を守っていくために、騎士となってくれる人を探しているの。もちろん、あなたのお友達も一緒に」

そう言って、彼女はリーファへ手を差し伸べる。

……その姿は、女神よりもずっと神々しかった。

薄暗い世界に、一筋の光が差す——まさに、そんな気分だった。

熱い涙が次から次へと頬を伝っていく。

彼女の優しさが、慈愛が、ささくれだった心を癒していくようだった。

差し出された手をしっかりと握り返し、リーファは誓った。

自分は今日ここで死んでいてもおかしくはなかった。

だから、残りの人生のすべてを……彼女に捧げようと。

これが、のちに国を統べる女王となる少女とリーファの、初めての出会いだった。

◇◇◇

……困ったことになってしまった。

「長旅でお疲れでしょう」と貴賓室に通され、一息ついたところで……エレインは大変な事実に気づいてしまった。

——世界一殺したい相手と、世界一守りたい相手が仲の良い兄妹だった。

こんなことがあってよいのだろうか。運命というのは実に残酷なものである。

（私はチャンスがあれば今日にでもユーゼルを殺すつもりだった。でも、そうすれば……）

きっと、リアナは悲しむだろう。あの繊細で美しい心に消えない傷跡を刻むなんて、考えただけでも寒気がする。

もしもそんなことを企む輩がいれば、エレインが真っ先に抹殺してやりたいくらいなのだが――。

（今一番リアナを傷つけかねないのは、私自身なのよね……）

まるで魂が抜けてしまったかのような心地で、着替えを済ませ大食堂へ向かう。

さすがは大国の公爵家と賞賛を送りたくなるような、豪華な晩餐《ばんさん》が始まる。

エレインの正面の席に腰掛けたリアナは、にこにこと愛らしい笑みを浮かべていた。

「ふふ、こうやってお兄様の選んだ方とお食事を共にできる日をずっと楽しみにしていたんです！お兄様ったら、どんな女性に言い寄られても全然頷《うなず》かないんですもの」

「その甲斐《かい》あって、最高の相手をお前の元に連れてくることができただろう？　俺の妻となる女性はお前の家族にもなるんだ。妥協するわけにはいかないからな」

「お兄様の慧眼《けいがん》はさすがです！　まさか、エレインお姉様のような素敵な方を連れてこられるなんて！」

ともすれば「ブラコン&シスコン」なんて言いたくなるほどの仲の良さだが、ユーゼルとリアナだと不思議と絵になっていた。

控える使用人たちも、誇らしげな顔で二人を見守っている。

和気あいあいと会話を交わす兄妹に、エレインは内心で盛大にため息をつく。

（……せめて、仲が悪ければなんとかなったかもしれないのに）

この仲の良さでは駄目だ。

エレインがユーゼルを殺せば、リアナの眩《まぶ》しい笑顔が曇ってしまう。

もしかしたら、生涯笑わなくなってしまうかもしれない。

誰よりも守りたいと願った相手の笑顔を、幸福を、エレインは奪ってしまうことになりかねないのだ。

そんなこと……。

（できるわけ、ないじゃない……！）

手にしたフォークがエレインの指圧に負け、めきょっと曲がる。

近くに控えていた使用人がぎょっとしたような顔をしたが、さすがは躾《しつけ》の行き届いた名門公爵家の使用人。

深く突っ込むこともなく「大変失礼いたしました」と、さっと新しいものに替えてくれた。

「お兄様！　よろしければエレインお姉様との馴《な》れ初めのお話を聞かせてくださいな」

「そうだな……どこまで話そうか？」

ユーゼルがいたずらっぽい視線をエレインの方へと送ってくる。

きっとこの男は、エレインが止めなければ馬鹿正直に「酔っ払いをぶちのめしたところを見て惚れた」などと言いかねない。

そんなことをすれば、可愛い可愛いリアナに「とてつもなく危険なゴリラ女」のような印象を与えてしまう。それで距離を取られてしまったりしたら普通に嫌だ。

エレインはビキビキとこめかみが引きつりそうになるのを感じながら、にっこりと笑ってみせた。

「そうですね……とびきりロマンチックにお話ししていただけると嬉しいですわ」

ほんのりと「下手なことは言うな」という圧を込めてそう伝えると、ユーゼルはエレインの意図を察し、微笑んだ。

「姫君のお望みのままに」

酔っ払い貴族に絡まれていたエレインをユーゼルが救うところから始まる、事実とははなはだしく乖離《かいり》したユーゼルの作り話を聞きながら、エレインは静かに嘆息した。

◇◇◇

「はぁ…………」

公爵邸で迎える初めての夜。

与えられた部屋のベッドの上で、エレインは悶々《もんもん》と膝を抱えていた。

……こんなはずじゃなかった。

チャンスを見つけ、サクッとユーゼルを殺って、速やかに表舞台から退場し自由に生きるはずだったのに。

まさか、こんなに計画が狂ってしまうなんて！

「リアナ……」

あの愛らしい少女の屈託のない笑顔を思い出すだけで、胸が暖かくなる。

今日話した感じからすると、リアナもユーゼルと同じく前世の記憶はないのだろう。

だが、あの優しく温かな魂は何も変わらない。

たとえ記憶がなくとも、立場が変わっても、エレインは彼女に忠誠を誓い、何があっても守り抜きたいと願っている。

誰よりも憎んだ相手への復讐と、誰よりも敬愛した相手への忠誠。

その二つを天秤《てんびん》にかけ、どちらを選ぶべきか。

「シグルド、女王陛下……」

(私は、どうするべきなの……?)

むくりと起き上がったエレインは、神経を研ぎ澄ませて天井に視線をやった。

(……あそこね)

あたりをつけたらすぐにキャビネットをよじ登り、天井板に手をかける。

こういう貴族の館――特に要人の部屋であれば、だいたい脱出路が設計されているはずである。

予想通り、いとも簡単に天井板がずれ、天井裏への入り口が姿を現した。

「よっと」

軽やかな身のこなしでエレインは天井裏に這《は》い上がり、そのまま腹ばいの体勢で進んでいく。

自室へ戻る前に、さりげなくリアナに彼女自身の私室の場所を聞いていた。

方向、距離から計算してそろそろのはずだが——。

「あった」

寝室から上がり込んだ時と同じように、別の部屋へと繋《つな》がる出口を見つけた。

音を立てないようにそっと天井板を外すと……眼下に飛び込んできたのは少女らしく可愛らしい空間だ。

(ここが、リアナの寝室ね)

さすがに許可もなく彼女のプライベートな空間に足を踏み入れるのは気が引ける。

……既に十分すぎるほどいきすぎな行為をしている自覚はあるのだが。

エレインはその場から動かずに、そっと室内の音に耳を澄ませた。

聞こえてくるのは穏やかな寝息だ。

まるで子守歌のような、心を落ち着かせるリズムに身を委ねながら……エレインはそっと目を瞑った。

途端に思考が過去へ旅立ち、懐かしい光景が瞼の裏に浮かんでくる。

あれは、そう……草原でシグルドを見つけ、宮殿に連れ帰った時のことだった。

◇◇◇

「そう、行き倒れていた方を助けてくれたのね。ありがとう、リーファ。あなたの正しき行いに感謝いたします」

「もったいないお言葉です、女王陛下」

そう言って優しく微笑む女王の姿に、リーファはほっと胸を撫で下ろした。

草原で行き倒れていた青年を見つけたリーファは、彼を都へ連れ帰り、女王の住まう水晶宮へと運び込んでいた。

落ち着いたところで報告を済ませたのだが、リーファの思った通り、敬愛する女王はリーファの行動を咎めるどころか賞賛してくれたのだ。

「しかしながら女王陛下。素性のわからない人間を宮殿へ連れ込むなど……もしも邪《よこしま》な目的を持つ者だったらどうなることやら」

側近にやんわりとたしなめられても、若き女王の意志は変わらない。

「大丈夫よ。きっと心を開いて話せばわかり合えるわ」

「甘すぎますぞ、陛下。近頃は周囲の国々も我が国に攻め入る隙を狙っていると聞きます。もしもその青年が余所《よそ》の間諜《かんちょう》だったら——」

「そうね……あなたの懸念もわかるわ。でもわたくしは、助けを求める者を一人たりとも見捨てたくはないの」

今思えば、彼女の考えは甘すぎた。

だが当時のリーファは、そんな底抜けに慈悲深い女王を尊敬してやまなかったのだ。

その考えが、破滅に繋がるとは思いもせずに。

「……リーファ。あなたに頼みたいことがあるの」

「なんなりと、女王陛下」

「その行き倒れていた青年……具合がよくなるまで、あなたが面倒を見てもらえないかしら」

「私が……ですか？」

「えぇ、あなたになら安心して任せられるわ。彼が元の場所へ帰りたいならそのように取り計らい、ここに残りたいというのなら、いろいろと世話をしてあげてほしいの」

もしも行き倒れていた青年――シグルドが他国の間諜だったとしても、リーファがついていれば対処できるはず。

女王の言葉には、そんな信頼が籠っていた。

リーファはその役目を任されたことを嬉しく思った。

仲間たちからは「働きすぎだからしばらく休んだ方がいい」と前々から勧められていたし、リーファ自身あの青年のことが気になっていたのだ。

しばらく最前線から離れて、彼の面倒を見るのもいいだろう。

「お任せください、女王陛下」

リーファが承諾すると、女王は立場にそぐわない、無邪気な子どものような笑みを浮かべた。

彼女は国を統べる主というには若すぎる。

普段は統治者として凛《りん》とした雰囲気を醸し出す彼女が、不意にこうして年相応の面を見せてくれる瞬間が、リーファはたまらなく好きだった。


結局、シグルドが目覚めたのは丸一日ほど経《た》ってからだった。

眠る彼の横で事務仕事に勤《いそ》しんでいたリーファは、唸るような声が聞こえ、はっと意識を傍らの寝台へと戻す。

ゆっくりと、瞼が開かれていく。

彼を見つけた時と同じく、翡翠のように美しい緑の目と視線が合う。

「……気がついた？　ここは安全だから大丈夫よ」

そう語りかけながら、リーファはそっと青年の様子を窺う。

彼は警戒するような目をこちらに向けながら、ゆっくりと体を起こしていた。

その様子を見て、リーファはほっとした。

医師に診せた時もたいした怪我《けが》はしていないと言っていたが、その通りだったようだ。

「水を飲んで。喉が渇いているでしょう？」

怪我をしていないとなると、やはり疲労で倒れたのだろうか。

水を差し出したが、青年は警戒したように受け取ろうとしない。

「大丈夫、毒なんて入ってないわ」

彼を安心させようと、リーファはごくり、とコップの水を飲んでみせた。

これで安心したでしょう？　という意味を込めて笑いかけると、青年は戸惑ったように視線を逸らしたが……やがて観念したようにリーファの差し出した水を受け取った。

ごくごくと嚥下《えんげ》する喉の動きを眺めながら、リーファはほっと安堵に胸を撫で下ろす。

（よかった、思ったよりも元気そう）

もう少し休ませた方がいいかと思っていたが、この調子なら多少話をしても大丈夫そうだ。

「いきなり知らない場所にいて驚いたでしょう。覚えてる？　あなた、この近郊の草原に倒れていたのよ」

リーファはここが若き女王の治める都の宮殿の中で、倒れていたところを連れてきたのだと説明した。

「私はリーファ。倒れていたあなたを見つけ、ここに連れ帰った張本人。それと、あなたの世話も任せられてる」

青年はじっと黙ってリーファの話を聞いている。

……ちゃんと言葉は通じているだろうか？

一言もしゃべらない彼に少し不安になりながらも、リーファは問いかけた。

「えっと……あなたはどうしてあそこに倒れていたの？　自分の名前はわかる？」

リーファの問いかけに、青年は目を細めた。

やはり通じていないのだろうかと、リーファは不安に思ったが――。

「……シグルド」

「え？」

「シグルドだ」

一拍遅れて、リーファは彼が名前を答えてくれたのだと思い当たった。

きちんと言葉が通じて、彼が応えてくれたという事実に、リーファの胸は熱くなる。

「よかった……！」

感極まったリーファはシグルドの手を握り、ぱっと表情を輝かせる。

シグルドは驚いたように目を見張った後――気まずそうに視線を逸らしてしまう。

少し馴れ馴れしかっただろうか……とリーファは慌てて手を離し、コホンと軽く咳《せき》払いをした。

「えっと……シグルド。とにかくあなたが無事でよかったわ。既に女王陛下の許可は頂いているから、体力が戻るまではここにいてもらって構わないわ。その後は、なるべくあなたの意向に沿いたいと思うのだけど……あなたは、どこから来てどこに行こうとしていたの？」

できる限りは協力する、という意志を込めて、リーファはシグルドにそう問いかけた。

だがシグルドの反応は薄い。彼の翡翠の瞳は美しく澄んでいたが、その内に宿る感情を窺うことはできなかった。

「わからない」

「……えっ？」

シグルドの発した言葉に、リーファはぱちくりと目を瞬かせた。

「わからない……っていうのは、まさか……覚えてないってこと？」

シグルドは静かに頷く。彼の反応に、リーファはごくりと唾を飲み込んだ。

……前例がない、わけじゃない。

極限状態に陥った人間は、このように記憶の一部、もしくは大半が欠落してしまうことがあるという。

だがこうして記憶を失ったばかりの人間を間近にしたのは初めてだった。

リーファは動揺しそうになるのをなんとか堪え、深呼吸をする。

(……駄目、落ち着かなきゃ。きっとシグルドの方が私の何倍も不安に思ってるはず)

安心させるように、リーファはシグルドに笑いかけた。

シグルドは驚いたようにわずかに目を見張る。

「……落ち着いてね、シグルド。自分の名前以外に、何か覚えていることはある？　出身地とか、家族とか、仕事とか――」

「……いや、何も思い出せない」

「そう、なのね……。でも大丈夫！　私に任せて!!」

笑顔で胸を張るリーファを見つめ、シグルドは眩しそうに目を細める。

「あなたの記憶が戻るまで、きっちり私が面倒を見るから！　大船に乗ったつもりでいてくれて大丈夫よ!!」

◇◇◇

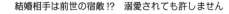

……あの時は、まさかあんなことになるなんて思っていなかった。

シグルドが他国の間諜だなんて、思いもしなかった。

彼を宮殿に招き入れたせいで情報が洩《も》れるなんて、他国に攻め入られる隙を与えてしまうなんて、思ってもみなかった。

もしもあの時に戻れるのなら、リーファは決してシグルドを許しはしない。

だが――。

――「でも私は、助けを求める者を一人たりとも見捨てたくはないの」

きっとあの優しい女王は、何度でも同じことをするのだろう。

……生まれ変わっても、きっと。

敬愛する彼女の身を守るのはリーファ――今のエレインにとって最優先事項だ。

だが、彼女のその美しい「心」とて、エレインにとっては決してないがしろにしていい存在ではない。

女王の生まれ変わりである、リアナを守りたい。彼女の晴れやかな笑顔が曇るようなことがあってはならない。

だったら――。

(私は、ユーゼルを殺せない)

その答えにたどり着き、エレインは悔しさにぎゅっと唇を噛みしめた。

宿敵シグルドの生まれ変わりであるユーゼルはエレインにとって絶対に許してはならない存在だ。

だが、なんの因果か彼はリアナの兄として生まれてしまった。

……運命が、ユーゼルに味方したのだ。

悔しい。悔しくてたまらない。

ほんの少し手を伸ばせば、届く距離なのに。

あの憎き相手の喉笛に、牙を突き立ててやれるのに。

(でも、このままじゃ済ませないわ……!)

わかりました復讐はやめます。……なんて簡単に引き下がってやるつもりはない。

ここで折れてはリーファの無念が浮かばれない。

そもそも、不本意ながらもユーゼルの婚約者としてここまで来てしまったのだ。

このままなし崩しに「愛され奥様♡」になるつもりは毛頭なかった。

ユーゼルの命を奪うことは断念するが、彼との結婚だけはなんとしても避けたい。

(要は、リアナを傷つけないようにネチネチ復讐してやればいいのよね)

後ろ髪引かれる思いでリアナの部屋(の天井裏)を後にし、自室に戻ったエレインはじっと考えた。

いかにリアナを傷つけないように、最大限ユーゼルにダメージを与えられるかを。

そして、思いついたのが――。

「私がとんでもない悪女として振舞って、ユーゼルの評判を落としつつ婚約破棄に持っていけばいいんだわ!」

まさかの名案に、エレインは自分を褒め称《たた》えたい気持ちでいっぱいになった。

エレインがとても名門公爵家の夫人としてふさわしくない振舞いをすれば、いくらユーゼルとて野放しにはできないだろう。

状況を見て、エレインに婚約破棄を言い渡すはずだ。

そうなればもうこっちのものだ。

「運命的に巡り合った」なんてお花畑思考で連れてきた小国の令嬢が、とんでもない地雷物件だったなんて！

ユーゼルは社交界でさぞや笑い者になるに違いない。

あの常に余裕に満ちた表情が屈辱に歪むと思うと、エレインは胸の奥から仄暗《ほのぐら》い喜びが湧き上がってくるのを抑えられなかった。

リアナの話によれば（エレインには理解しがたいが）どうやら彼はモテるらしいので、次の婚約者には事欠かないだろう。

すぐに次の婚約者が決まれば、リアナも寂しい思いをせずに済む。

「女を見る目がなかった」として笑われるのもユーゼル一人で済むはずだ。

「待ってなさいユーゼル。すぐにあなたのプライドを粉々にしてやるんだから……！」

ごろんと寝台に仰向《あおむ》けになり、エレインはさっそく数々の「悪女らしい振舞い」について思いを巡らせるのだった。

「悪女……か」

まず思いつくのは、ヒステリックに喚《わめ》き散らし、時には暴力を振るうようなバイオレンスタイプの悪女だ。

そんな横暴な振舞いをすれば、間違いなく婚約破棄一直線だろうが……。

「駄目よ。もしもリアナの優しい心にトラウマが刻まれるようなことがあったら……」

もちろんリアナ相手に喚き散らしたり、暴力を振るうようなことは天と地がひっくり返ってもありえないが、優しいリアナはエレインが使用人に怒鳴るだけでも心に傷を負うかもしれない。

エレインが屋敷から追放された後でも、夜な夜な悪夢にうなされてしまうかもしれない。

「うぅ、あの悪女の金切り声が聞こえるの……」と苦しむリアナを想像し、エレインはぞっとした。

「無理無理無理無理……」

リアナの心を深く傷つけてしまう恐れがある以上、バイオレンス悪女は却下だ。

そうなると別のタイプを考えた方がいいだろう。

今まで見てきた人物、読んだ本の登場人物などに思いを巡らせ……エレインは思いついた。

「うーん……」

(そうだわ！　前に見たあの劇……！)

そう、あれはエレインがまだ王太子エドウィンの婚約者だった頃、教養の一環として観劇に行った時のことだった。

その日、上演されていたのは一風変わった演目だった。

確かタイトルは……「性悪令嬢パトリシアの破滅」だったか。

主人公のパトリシアは、一見心優しく天然で、愛らしい令嬢のように見える。

だがその実かなりの腹黒で、上品な口から耳を疑うような発言が飛び出てくるのである。

パトリシアの愛らしさに騙され近づいてきた者たちは、皆彼女の腹黒っぷりに恐れおののいていた。

舞台劇の中の悪役というと、エレインが先ほど想起したバイオレンス悪女のようにわかりやすく怒鳴ったり暴力に訴えたりするタイプが多いのだが……パトリシアはそうではない。

あくまで愛らしく、優しい笑みを浮かべて、周囲をめちゃめちゃにしていくのだ。

すっきりとした勧善懲悪ものを好むフィンドールの民には受けが悪く、再演もなかったが……彼女をお手本とすれば、リアナの心に傷を残さない悪女になれるかもしれない。

ポイントは、一見皆に愛されるお手本のような令嬢であること。

王太子の婚約者として振舞ってきたエレインにはたやすいことだ。

（いける、いけるわ……！　待ってなさい、ユーゼル!!　絶対に私を追放するように仕向けてやるんだから!!）

明日からの方針を決めたエレインは、うきうきしながら眠りにつくのだった。

◇◇◇

翌朝、身支度を済ませたエレインは、ユーゼルとリアナと一緒に朝食を取るために大食堂へ向かっていた。

ガリアッド公爵邸の使用人たちは教育が行き届いているようで、いきなりやってきたエレインに対しても軽んじたりすることはない。

きちんと「ユーゼルの婚約者」として丁重に扱ってくれている。

（まぁ、それももうすぐ終わり。稀代《きだい》の悪女として振舞う私に、恐れおののくがいいわ！）

どこかワクワクするような気分で、それでいてそんな思いを表に出さないように淑やかに、エレインは歩を進める。

たどり着いた大食堂では、既にユーゼルとリアナが待っていた。

「おはようございます、エレインお姉様！」

無邪気な笑顔でそう挨拶してくれるリアナに、エレインの胸はきゅん、とときめいた。

彼女に「お姉様」と呼ばれるポジションを放棄するのは大変心が痛むが……これも復讐のためだ。

しっかりと、悪女らしく振舞わなくては。

「おはよう、エレイン。公爵邸の居心地はいかがだったかな？　気になる点があったらなんでも言ってくれ。愛する君のため、すぐに改善しようじゃないか」

朝っぱらから熱烈なユーゼルにも、この後彼のプライドを粉々にしてやれると思うと、前ほど腹が立たない。

エレインは誰もが見惚れそうな美しい笑顔で、彼に微笑みかけた。

「お気遣い感謝いたします、ユーゼル様。昨晩は何不自由なく過ごすことができましたのでご安心くださいませ」

そう言って静かに礼をするエレインを見て、控えている使用人たちは「ほぅ……」と感嘆のため息を漏らした。

だがただ一人、ユーゼルだけは不可解そうに、少し眉根を寄せている。

「……そうか、それならよかった。さっそく朝食にしようか」

結局、ユーゼルは何も追及することなくエレインを朝食へと誘う。

さて、どこで悪女ムーブを仕掛けてやろうか……と胸を高鳴らせながら、エレインは言われた通りに席に着く。

ユーゼル、リアナと他愛のない会話を交わしていると、すぐに朝食が運ばれてきた。

さすがは大国の名門公爵家……と感心するような洗練されたメニューの数々だ。

中でもエレインの目を引いたのは、鱒《ます》のムニエルだ。

鮮やかな焦げ茶色に揚げられた鱒の表面には、薄切りされたアーモンドが華やかにちりばめられ、上品なアクセントを与えている。

一口食べてみると、まずは鱒の柔らかな肉質が口の中に広がる。その優しい食感と甘みを感じていると、次第にローズマリーの芳醇《ほうじゅん》な香りが広がっていく。

ローズマリーの独特な香りは鱒の風味をよりいっそう引き立て、食欲をそそられる。

アーモンドのプチプチとした食感もたまらない。

（はぁ、美味しい……）

エレインの故郷であるフィンドール王国では、このような料理を味わったことはなかった。

さすがは大国ね……と上機嫌に舌鼓を打つうちに、エレインは思いついてしまった。

（そうだわ。さっそくこれを使って悪女らしくなってやろうじゃないの……！）

こんな完璧な料理に文句をつけるなんて、まさにシェフへの冒瀆《ぼうとく》。

ろくでもない悪女だと、皆恐れおののくに違いない。

（用意してくださった人のことを思うと心が痛むけど……仕方ないわ）

すべてはユーゼルの評判を落とし、婚約破棄へ持ち込むために。

エレインは覚悟を決め、わざとらしくかちゃりと音を立て、ナイフとフォークを置いた。

「……何か、気に入らなかったかな？」

エレインの異変に、真っ先に気づいたのはユーゼルだった。

その言葉を受けて、リアナも心配そうにこちらを見つめている。

少々の罪悪感を覚えながらも、エレインはナプキンで優雅に口元を拭い告げる。

「いえ、その……申し訳ございません、どうも口に合わなかったようで……」

「フィンドール王国とここでは味付けの手法も変わってくるだろう。シェフに申しつけて、君好みに調整を――」

「いいえ、味付けの問題といいますか……」

すっと背筋を伸ばし、エレインはとんでもない発言をぶちかました。

「魚自体が泥臭くて、とても食べられたものではございませんわ」

その瞬間、エレインの狙い通り場の空気が凍りついた。

使用人たちは緊張したように息をのみ、いつもにこにこしているリアナですら表情を引きつらせている。

正面の席のユーゼルでさえ、いつもの余裕がなく驚いたように目を見開いていた。

もはや笑みを浮かべているのは、エレイン一人の状況だ。

（よし……やってやったわ！）

なんて図々しくふてぶてしい悪女だろう……と、この場の者たちははらわたが煮えくり返っていることだろう。

使用人たちはちらちらと、主人であるユーゼルの出方を窺っているようだった。

ユーゼルがここでエレインを庇《かば》えば、エレインの侮辱とも言える発言を正当化することになり、彼の評判は大きく下落すること間違いなし。

（さぁどうするの？　婚約破棄を宣言して私を叩き出してもいいのよ？）

ここでエレインに甘い対応をするのなら、もっともっと悪女として君臨してやろうではないか。

どっちにしろ、ユーゼルは詰んでいる。

既に勝利は確定しているのだと、エレインはほくそ笑んだが――。

「なるほど、そういうことか」

静かに食器を置いたユーゼルは、エレインの方を見つめ愉快そうな笑みを浮かべたのだ。

これにはエレインも呆気《あっけ》に取られてしまった。

何故、この状況でそんな風に余裕の笑みを浮かべられるのか？

「俺の姫君の舌は想像以上に繊細なようだな。……すぐに今朝の食材の仕入れ担当者を洗え。仕入れ先、仕入れ値、品質……すべてにおいて適切に業務が遂行されているか、徹底的に調べろ」

「承知いたしました」

ユーゼルが毅然《きぜん》とした態度でそう指示すると、控えていた使用人たちが一斉に礼をし、エレインは驚いてしまった。

（え、どういうつもり？　まさか私の嫌みを本気にしてるの……？）

ぽかんとしている間に、素早くムニエルの皿が下げられる。

「大変失礼いたしました、エレイン様。すぐに代わりをお持ちいたします」

「え、えぇ……ありがとう……」

反射的に礼を言いながらも、エレインはまだ状況が摑めていなかった。

（なんで皆、私の難癖に真面目に応じようとしているの？　調べたって、何も出てくるはずがないのに……）

いや、落ち着け。動揺するな。

既にエレインの勝利は確定しているのだ。

いくらユーゼルが何を考えているかわからない男でも、エレインを庇うために自分が雇った使用人の悪行をでっちあげるなんてことはしないはずだ。

エレインはただふてぶてしく待っていれば、悪女の座を欲しいままにすることができるのだから。

不安そうに瞳を揺らすリアナと、愉快そうな笑みを浮かべるユーゼルを横目に、エレインは優雅に朝食を再開するのだった。


異変が起こったのは、その日の昼過ぎ。

リアナに付き添われるようにして、エレインが屋敷内の案内を受けている時だった。

「やぁ、失礼する」

「お兄様！」

幾人かの使用人を引き連れて、上機嫌な笑みを浮かべてやってきたユーゼルに、エレインは思わず表情を歪めてしまう。

「少し時間を貰《もら》っても？　我が婚約者に、今朝の件で報告したいことが」

「えぇ、構いませんわ」

どうせ、何も見つからなかったに決まっている。

形だけの謝罪なら、納得できないと食い下がってやろう。

ユーゼルの余裕に満ちた表情を崩せると想像しただけで、心が浮き立つような気がした。

微笑むエレインの目の前で、ユーゼルはすっと横に移動する。

すると彼のいた場所の背後から、おずおずと一人の使用人が姿を現した。

まだ年若い、純朴そうな青年だ。いったいなんだろうと、エレインが目を瞬かせると――。

「大変申し訳ございませんでした‼」

彼は悲痛な叫び声を上げて、床に崩れ落ちたのだ。

「うぇっ!?」

予想外の出来事に、エレインは気の抜けた声を上げてしまう。

「えっと、あの……?」

「どれだけ謝っても許されることではありませんが、決してユーゼル様の奥方様を陥れようとか、そんな大それたことを画策していたわけではないんです！　ただ、つい目がくらんで――」

（いや奥方様じゃないし。というかまずはちゃんと説明しなさいよ……）

そもそも目の前のこの青年は誰なのか。

困惑するエレインに、ユーゼルが至極真面目な表情で告げる。

「今朝の一件で、君が鱒のことを『泥臭い』と言っただろう」

「ええ、言いましたわ」

「君に言われて、俺も初めて違和感に気がついた。そして調査してみれば……あっさりと彼が尻尾を出したわけだ」

「……え？」

「君やリアナの口に入る料理だからな。それこそ食材を厳選し、常に最高級のものを仕入れるように徹底している。だが、今回は……彼が最高ランクと偽り、一段階ランクの下がる品を仕入れ、差額を懐に収めようとしたことが発覚した」

「えっ？」

「既に帳簿やこの件に関わった者たちの証言などの証拠は揃《そろ》っている。あとは、その動機だな。これでも使用人を雇う際はその人となりを見るようにしているんだ。こんな小賢《こざか》しい真似を仕出かす者を屋敷に入れたつもりはないんだが――」

「ひっ……！」

ユーゼルにひと睨みされ、件《くだん》の青年は怯えたように悲鳴を上げた。

そのまま彼は涙を流しながら、懺悔《ざんげ》を始めたのだ。

「申し訳ございません！　申し訳ございません……！　母が病気になったばかりで、今すぐまとまった金が必要で、頭がぐちゃぐちゃになってしまって……いけないことだとわかってはいたのですが……」

号泣する青年に、エレインは自分の方が悪いことを仕出かしてしまったような気がして、いたたまれない思いを味わっていた。

まさか本当に、こんな風に犯人が見つかるとは思っていなかったのだ。

エレインが黙っていれば、彼がこんな風に糾弾されることもなかっただろうに……。

「なるほど」

罪悪感を覚えるエレインとは対照的に、ユーゼルはひやりとした視線を件の青年に注いでいる。

「どんな理由があろうとも、君が仕出かしたことは我が婚約者への侮辱、ひいては彼女の故郷であるフィンドール王国へ弓を引く行為と取られかねない。この一件が元でブリガンディア王国とフィンドール王国の間に亀裂が生じたらどう責任を取るつもりだ？」

「そんなことは、考えもせず――」

「呆れ返るほどに浅はかだな。……まぁいい、すぐに治安隊に引き渡して――」

「待ってください、お兄様！」

冷徹に処断しようとするユーゼルに対し、異を唱えたのは彼の妹のリアナだ。

「彼だって悪気があったわけではないはずです！　なのに、治安隊なんてあんまりです！　彼には、病気のお母様もいらっしゃるのに……」

「リアナお嬢様……」

呆然とする使用人の青年を庇うように、リアナは更にユーゼルに言い縋《すが》る。

「わたくし、彼にお母様の話を聞いたことがあります。優しくて、料理やお裁縫が上手で、ここへの就職が決まった時はとても喜んでくださったって……。大切な人がそんな大変な状況なら、気の迷いが起こっても仕方がないじゃないですか！　それなのに、たった一度の過ちで治安隊なんて、病気のお母様と引き離すのはひどすぎます！」

リアナの澄んだ瞳から、ぽろりと一粒の涙が零れ落ちた。

その光景を目にして、エレインは愕然《がくぜん》とする。

（あぁ、やっぱりこの御方は――）

目の前に助けを求める者がいれば、救いの手を伸ばさずにはいられない。

エレイン――リーファの敬愛する女王は、やはり今世でも何も変わっていない。

その高潔な魂は、精神は、リアナの中に今も息づいているのだ。

エレインの中の冷静な部分は、リアナの願いを「甘すぎる」と判断し、ユーゼルの処断を支持しようとしている。

だが、エレインの中で熱く燃え滾《たぎ》る忠誠心は――「リアナの優しい心を守れ」と叫んでいる。

ここでリアナを支持すれば、せっかく悪女ぶった演技が無駄になってしまうかもしれない。

だが、リアナの優しい想いを――孤児の盗人にすら手を差し伸べた女王の慈悲の精神を守れるのなら、一回のチャンスを無駄にすることくらいなんだというのか。

どちらを取るかなど、愚問だった。

「なるほど、そういうことでしたのね」

にっこり笑ってそう言ったエレインに、居合わせた者の視線が集中する。

だがエレインは少しも臆することなく、そっと件の青年に近づく。

そして、その場に膝をつき彼と視線を合わせた。

「エレイン様……!」

当主の婚約者が使用人と目を合わせるために膝をつくなど、言語道断の行いだ。

新たにエレイン付きとなった侍女たちが慌てているのがわかったが、エレインはそのまま彼に語りかける。

「わたくしの故郷であるフィンドール王国はブリガンディア王国とは違い、新鮮な魚が手に入りづらい国です。ですから、急に最高クラスの魚を頂いたら胃がびっくりしてしまい、公爵家の皆様の前でみっともない失態を犯してしまうところでしたわ。今回の料理につきましては残念ながらわたくしの口には合いませんでしたが、あなたのおかげで恥ずかしい思いをせずに済みましたの。わたくし、とても感謝しておりますわ」

……冷静に聞けば、理論もへったくれもない屁理屈だと感じたことだろう。

だが居合わせた者の大半は、優しく使用人に寄り添うエレインの慈愛に満ちた態度、甘やかな声、穏やかな微笑みに意識を持っていかれ、エレインが何をしゃべっていたのかなど右から左へと通り抜けていった。

とにかく「エレイン様は使用人に怒ってなどおらず、よくわからないが感謝しているようだ」という印象を植えつけられていた。

……エレインが、そうなるように仕向けたからだ。

(よし、ユーゼル以外はなんとかなりそうね!)

さりげなく周囲の空気を探り、エレインはこの場でまだ冷静な判断力を持っているのはユーゼルだけだと結論付ける。

彼は、彼だけは……エレインの術中にはまることなく、じっと抜け目のない視線をこちらへ向けていた。

(女王陛下の……リアナの心を否定させはしないわ)

どれだけ甘かろうが、不利益になろうが、エレインにとってはリアナの心の安寧が最優先なのだ。

なんとかして、彼が使用人を治安隊へ送るのを阻止しなければ。

……不本意だが、やるしかない。

エレインはすっと立ち上がり、くるりと体を反転させ背後のユーゼルと向かい合う。

そして、ぎゅっとユーゼルの両手を握り、上目遣いで訴えた。

「お願いです、ユーゼル様。どうかわたくしに免じて、彼の処分を考え直してはいただけないでしょうか？　お母様想いの優しい御方をわたくしのせいで治安隊へ送ってしまうなんて、悲しみのあまり涙の海ができてしまいそうですわ」

（くっ、耐えろ……これもリアナのためよ……！）

宿敵であるユーゼルにこんな風に懇願するなんて、通常だったらエレインのプライドが許さない。

だがここは敬愛するリアナの志を守るため、精一杯演技してやろうではないか……！

わざと瞳を潤ませ、エレインはユーゼルに視線で訴えかける。

「ユーゼル様……！」

ユーゼルが本当にエレインに惚れているというのなら、少しぐらいは心を動かしてはくれないだろうかとの打算のもとに。

だがユーゼルは、相変わらず何かを見定めるような視線でこちらを見つめている。

（うっ、さすがに嘘っぽかった……？）

そもそもユーゼルは、エレインが酔っ払いを成敗する姿に惚れたなどと言う奇特な価値観の持ち主なのである。

こんな風に媚《こ》びるように迫るより、もっと毅然と「私に免じてこの男を釈放なさい」と言った方がよかっただろうか……。

そんな風に、エレインが後悔し始めた時——。

「きゃっ⁉」

急に強く抱き寄せられ、エレインは思わず前へとつんのめってしまった。

だがエレインの体はたくましい腕の中に抱き留められ、ぎゅっと閉じ込められる。

「ユーゼル様……？」

おそるおそる顔を上げ、エレインは戦慄した。

見上げた先のユーゼルは……愛おしくてたまらないとでもいうような、とてつもなく甘い顔をしていたのだから。

「まったく……愛する君がそう言うのなら仕方ないな」

「え、えぇ……」

「聞いたか皆の者。我が婚約者の慈愛の心は海よりも深く、我が公爵家の手落ちを優しく水に流してくださるようだ。……というわけで、今回の件は不問とする。再発防止に努め、常にエレインへの感謝の心を忘れないように」

（チョロ！）

あっさりユーゼルが判断を覆したことに、エレインは呆れると同時に驚愕した。

「っ……ありがとうございます、お兄様！」

「ユーゼル様、エレイン様……一生お仕えいたします‼」

リアナは無邪気に喜び、犯人の青年は床に頭を擦《こす》りつける勢いで号泣している。

（一応、これでよかったのかしら……？）

さりげなくユーゼルに抱きしめられていることを思い出したエレインは慌てて彼の腕から抜け出そうとしたが、がっちりとホールドされてしまった。

「それにしても……君の舌は驚くほど繊細だな。まさに淑女の中の淑女の呼び名にふさわしい」

耳元でそう囁かれ、エレインはうっかり赤面してしまった。

「た……たまたまですわ……」

「いや、真に高貴なる者しかあの些細《ささい》な変化に気づくことはできなかっただろう。それでいて、救いを求める者に躊躇なく手を差し伸べるその心……惚れ直したよ」

「ひゃっ……」

ユーゼルの指先がそっとエレインの前髪をかきあげたかと思うと、優しく額に口づけられる。

思わず硬直したエレインに、ユーゼルは耳元で小さく囁いた。

「……この騒ぎを起こしてくれてありがとう。おかげで、君の公爵夫人としての資質を疑う者はこの屋敷にはいなくなるだろうな」

（なっ……）

吹き込まれたユーゼルの言葉に、エレインは心臓が止まりそうになってしまった。

（まさか、私の企みを逆に利用したの……⁉）

いったいどこからどこまでが、彼の計算だったのだろうか。

思わずユーゼルを睨むと、彼はいつものように愉快そうな笑みを浮かべるのだった。

◇◇◇

翌日から、公爵邸の者たちのエレインへ向ける視線は明らかに変化した。

……エレインが、意図していたのとは逆の方向に。

「聞いた？　エレイン様のお話」

「小国の伯爵令嬢のくせに公爵閣下に取り入るなんて、どんな手を使ったのよ……なんて思ってたけど、あれじゃあ仕方ないわよね」

「不正を働いた使用人を庇うために床に膝をついたそうよ」

「なんてお優しいのかしら……」

「でもそれって、ただ貴族の常識を知らないだけなんじゃない？」

「何言ってるのよ。例の使用人が魚をすり替えたことにたった一人だけお気づきになったのよ。本当に高貴で繊細な舌を持っていないと、そんな芸当できやしないわ」

「フィンドール王国では王太子の婚約者でいらっしゃったって話じゃない。きっと、想像以上に素晴らしく慈愛に満ちた姫君なのよ……」

こそこそと取り交わされるメイドたちの雑談を、扉一枚隔てた場所で聞きながら……エレインは内心で大きくため息をついた。

使用人を庇ったことで印象が薄くなってしまった気はするが、出された食事に文句をつけるのがよろしくない行いなのは確かである。

「生意気にも公爵家の食事に文句をつける悪女」としてエレインの悪口で盛り上がっていることを期待し、こっそり聞いていたのだが……現実は非情だ。

「あの御方こそ公爵閣下の婚約者にふさわしい！」などと、エレインの希望とは逆にどこに行っても持ち上げられている始末である。

（くっ、こんなはずじゃなかったのに……！）

まずい、名実共に「ユーゼルの婚約者」としての地位が固められつつある気がする。

早く、次の手を打たなければ。

「こちらにいらっしゃったのですね、エレイン様」

エレイン付きとなった侍女がやってきて、エレインは慌てて優雅な微笑みを取り繕いながら振り返る。

「ええ、少し屋敷内を散策していたの。何か御用かしら？」

「はい、予定されている婚約披露パーティーについての打ち合わせを――」

侍女の話を聞きながら、エレインは早くも次の手について思案を巡らせていた。

……大丈夫。挽回《ばんかい》はできるはずだ。

ちょうどいい機会も、巡ってくるのだから。

（婚約披露パーティー……ぶち壊させていただくわ！）

第三章

どんなに美しい女性に言い寄られても、決して首を縦に振らなかった難攻不落の男――ユーゼル・ガリアッド。

そんな彼が小国の伯爵令嬢に一目惚れし、その場でプロポーズしたうえ帰国時には一緒に連れてきたという噂は、瞬く間に社交界を席巻《せっけん》した……らしい。

「皆、早くエレイン様にお目にかかる日を待ち望んでいらっしゃいますわ」

「エレイン様はこんなに素晴らしい御方なんですもの。国中がエレイン様の虜《とりこ》になること間違いなしです」

「婚約披露パーティーの際には、最上級に美しいエレイン様を皆にご披露しなくては!」

先日、不正を働いた使用人を庇った件によって、公爵邸内のエレインへの評価は(エレインの望みとは裏腹に)すこぶる好意的だ。

侍女たちは日夜嬉しそうに張り切っているが、エレインは彼女たちのように楽観視はしていない。

(誰にもなびかなかった公爵が突然連れてきた弱小国の女なんて、どう考えても社交界で好意的に迎えられるとは思わない)

嫉妬や憎悪で攻撃されるか、もしくは地位目当てにすり寄られるかの二択だろう。

普通なら気が重くなるところだが……エレインはむしろワクワクしていた。

(いいじゃない。私への悪意、思いっきり利用させていただくわ！)

いくら公爵家の中で使用人に好かれていようと、社交界での評判が悪ければ、ユーゼルもエレインを妻とすることの是非について考え直さざるを得ないだろう。

つまりは予定されている婚約披露パーティーで、とんでもない悪女として認知してもらう必要がある。

念には念を入れて、エレインは不安そうに瞳を潤ませて侍女へと頼み込んだ。

「でもわたくし、不安ですの。わたくしのような田舎者が、ユーゼル様の婚約者として認めていただけるのか……」

「エレイン様ほどユーゼル様にふさわしい御方はいらっしゃいませんわ！」

「ですが、その……ユーゼル様は今まで、たくさんのご令嬢の求愛を断られてきたと伺いました。ユーゼル様がどうしてわたくしのことを気に入ってくださったのかは存じませんが、きっとわたくしをよく思わない方もいらっしゃるはずです」

しゅん、とした表情を張りつけ俯《うつむ》くと、侍女たちは不安そうに顔を見合わせた。

エレインの懸念を否定できないのだ。

「……ご心配なく、エレイン様。ユーゼル様なら必ずエレイン様を守ってくださいますわ」

「そんな、ユーゼル様のお荷物になるなんて……！　やはりわたくしなどでは、ユーゼル様にふさわしくないのだわ……！」

わざとらしくそう嘆いて、エレインはわっと両手で顔を覆った。

その途端、侍女たちはおろおろし始める。

……よし、これで多少は要求が通りやすくなるだろう。

「お気を確かに、エレイン様……！」

「エレイン様はそこらのブリガンディアの女性よりもよっぽど素晴らしい御方ですわ！」

「エレイン様を差し置いて、公爵夫人を任せられるような方はおりませんもの！」

必死に慰めの言葉をかける侍女の方をちらりと見て、エレインは弱々しく告げる。

「ありがとう、皆……わたくし、頑張るわ……」

「エレイン様……」

「でも不安だから……この国の社交界——主にわたくしと同年代のご令嬢たちについて詳しく教えていただけないかしら。……特に、わたくしのことを気に入っていないであろう方について」

きっと侍女たちには、先に情報を得ておくことで、気に入られるように振舞いたいいじらしい行動に見えたことだろう。

だが、不安そうな表情の下で、エレインは真逆のことを考えていた。

（先に情報を得ておけば、相手の感情を逆なでするのも容易くなるのよね。思いっきり地雷を踏みに行って、盛大に暴れてもらうわよ……！）

「皆、お願いしても大丈夫かしら……？」

「はい！　お任せください！」

瞳を潤ませながらそうお願いすると、侍女たちはすぐさま頷いてくれた。

大笑いしたくなるのを堪え、エレインは「皆、ありがとう……！」と、精一杯けなげな笑みを浮かべてみせるのだった。


「なるほど……ね」

公爵邸の優秀な侍女たちは、あっという間に情報を集め、まとめてくれた。

一人自室で手に入れた情報を分析し、エレインはより効率的に暴れてくれそうなターゲットを絞り込む。

「それにしても、ほんっっとユーゼルってモテるのね……！」

侍女の用意してくれたリストには、ユーゼルにアタックして玉砕した女性の名前がずらりと並んでいる。

諦めて別の相手と婚約した女性もいれば、今現在も諦めずに狙っている女性も多いのだとか。

「まったく……あんな奴《やつ》のどこがいいのよ」

あの余裕に満ちた笑みを見てもエレインは苛《いら》つくだけなのだが、どうやら世の女性は「ミステリアスで素敵……！」と舞い上がるものらしい。

何度もユーゼルにしてやられたことを思い出し、エレインはギリ……と奥歯を噛みしめた。

（ふん、「とんでもない悪女」を婚約者に選んでしまったと、評判を落としてやるんだから！）

そのためにも、婚約披露パーティーでは頑張らなくては。

慎重にリストに目を通し、エレインはターゲットを見定めていく。

この中で、一番うまく反感が煽《あお》れそうなのは――。

「ノーラン侯爵令嬢グレンダ……彼女ね」

報告書によれば、グレンダは同年代の貴族令嬢たちのリーダー的な存在であるらしい。

幼い頃から何度もユーゼルにアタックしていたが、まったく相手にされていないとか。

性格は高位貴族の令嬢らしく、プライドが高く自信家――。

「いいじゃない……！　思いっきり、私のことを憎んでもらうわよ……！」

まさにうってつけの人物が見つかり、エレインはにやりと口角を上げた。

グレンダについての情報を精査し、エレインは一番彼女が嫌いそうな人物像を思い描く。

そう、それは……。

「地位の低い田舎娘のくせに、うっかり公爵に見初められて舞い上がっている天然愛され女！」

まさに、今のエレインにはぴったりの役割だ。

「はわわ、私なんかがユーゼル様の婚約者だなんて……でも、頑張ります！」とかわいこぶりつつ、要所要所でさりげなくマウントを取るのだ。

間違いなくグレンダはプライドをずたずたにされ、大激怒することだろう。

挑発されたグレンダは「こんな下賤《げせん》な女が公爵夫人なんて認められませんわ。さっさと田舎にお帰りなさい」……みたいなことを言ってくれるに違いない。

そうすれば、エレインは「やはりわたくしには無理でしたわ」と打ちひしがれた振りをしながら、さっさとユーゼルの婚約者なんて立場からおさらばすればいい。

「いいわ、完璧よ……！」

だが、念には念を入れて婚約披露パーティー前にも悪評を積み重ねておいた方がいいだろう。

悪女の下地作りのために、エレインはにやにやと笑いながら更なる策を練るのだった。


さて、今までは借りてきた猫のようにおとなしくしていた（つもりの）エレインだが、そろそろ本格的に悪行を積まなくては。

その方法としてエレインが選んだのは、「浪費」だった。

（思いっきり公爵家のお金を浪費してやれば、さすがに私の悪評も立つでしょうしね）

古今東西、傾国の美女に入れ込んだ権力者が失墜するというのはよくある話だ。

湯水のように金を使えば、きっと周囲の者はエレインを「とんでもない悪女」だと認識し、そんな女を婚約者として迎え入れてしまったユーゼルに失望するであろう。

というわけで、エレインは張り切って公爵家の財を浪費してやることにした。

「今度の婚約披露パーティーで着るドレスのことなのだけど、わたくし、この国の流行には疎くて……比べてみたいので、この国で有名な仕立て屋を何人か呼んでいただけるかしら？」

「はい、今すぐにでも！」

すぐに侍女たちが手配してくれ、エレインは来る日も来る日もドレスの試着に明け暮れた。

「見て！　このドレスとっても素敵だわ！　でも、前に似たような色を買ったばかりだし……」

「問題ございません！　前回のはセレストブルー、今回のドレスはゼニスブルーにございます。きっちり差別化できております！」

「そうなの？　なら……こちらも頂くわ」

「さっすが次期公爵夫人はお目が高くていらっしゃる！」

ポイポイと次から次へとドレスを購入するエレインに、仕立て屋たちはいつも上機嫌で公爵邸から帰っていくのだ。

エレイン専用の衣装部屋も、あっという間に埋まってしまう。

（……おかしい）

いまいち違いのわからないセレストブルーとゼニスブルーのドレスを見比べながら、エレインは眉根を寄せた。

（どうして、誰も文句を言ってこないの……？）

これだけ浪費を続けているのだから、そろそろ誰かがエレインの行動を咎めてもよい頃ではないか。

そんな風に考えていると、部屋に入ってきた侍女に声をかけられた。

「エレイン様、少々よろしいでしょうか」

「えぇ、構わないわ」

「ユーゼル様が、エレイン様にお話があるとのことです」

（きたー!!）

公爵直々の呼び出しに、エレインは勝利を確信した。

いまいち何を考えているのかよくわからないユーゼルだが、やっと、彼もエレインがとんでもない悪女だと気づいたのだろう。

話というのも「君がそんなに分別のつかない女性だとは思わなかった。婚約は破棄だ！　今すぐここから出ていけ！」という宣言に違いない。

これは嬉しい誤算だ。婚約披露パーティーで勝負をつけるつもりだったが、まさかその前に屋敷を追い出される機会に恵まれるなんて！

「そうね……ユーゼル様にお会いするんですもの。一番華やかなドレスを着ていかなくては」

最後のダメ押しとばかりに、エレインは今までに購入した中でも一番高価なドレスを手に取った。

いかに、自分を浪費家の悪女として着飾るかを考えながら。

「失礼いたします」

ユーゼルの執務室へ足を踏み入れると、執務机越しに彼と目が合う。

じっとエレインの頭のてっぺんからつま先までをユーゼルの視線が検分していく。

その動きに、エレインは声を上げて笑い出したくなるのを必死に堪えた。

（ふふ……許せないでしょう？　こんなに贅沢《ぜいたく》を尽くした私のことを！　さぁ、早く婚約破棄を宣言するがいいわ！）

なんてことを考えつつ、エレインは優雅な笑みを取り繕う。

「驚いたな……」

そう呟き、立ち上がったユーゼルが一歩一歩こちらへ近づいてくる。

エレインはどきどきと高鳴る胸を押さえ、ユーゼルがこちらを糾弾する言葉を待っていたが――。

「やはり……よく似合っている。いつもの清楚《せいそ》な君も素敵だが、こんな風に絢爛たる姿も息をのむほど魅力的だ。本当に……君は俺の心を捕らえて離さない」

「…………え？」

うっとりするような笑みを浮かべたユーゼルに甘い言葉を吐かれ、エレインは唖然としてしまった。

「えっと……ご存じないようですが、このドレス、ものすごく値が張りまして――」

「あぁ、知っている。生地も装飾も一級品だ。相応の値がつくのは当然だろう。王族に謁見する際でも見劣りはしないから安心するといい」

「それは安心しました……じゃなくて！」

うっかり頷きかけてしまったが、我に返ったエレインは慌てて告げた。

「私、ものすごく値の張るドレスをたくさん買い込んでいるんですよ⁉」

「あぁ、報告は受けている。是非俺の前で一着ずつ着用した姿を見せてほしいものだ」

ユーゼルの前でファッションショーのように数多のドレスを披露する姿を想像してしまい、エレインの頬に熱が集まる。

（本当に、何言ってるのよこの人は……！）

「そうじゃなくて……なんで怒らないんですか⁉」

ついに直球でそう訴えると、ユーゼルはきょとんと目を丸くした。

まるで、エレインが何を言っているかわからないというように。

「君の行動の、どこに俺が怒る要素が？」

「だって私、こんなにも公爵家のお金を浪費しています！」

「必要経費だ。問題ない」

「いやいや、普通あんなにドレスはいらないでしょう⁉」

「そうなのか？　だが、まだ君の第一衣装部屋すら埋まっていないじゃないか」

「第一……？」

とんでもない言葉が聞こえてきて、エレインは表情を引きつらせる。

「あぁ、公爵夫人という立場であれば、最低でも三つほど衣装部屋を埋めておくのが『普通』だ。俺も適宜君に似合いそうなドレスを見繕って衣装部屋に送るよう手配しているが、まだまだ足りないな。心配しなくても、第五衣装部屋までは確保してある。安心して衣装を増やすといい」

なんでもないことのようにそう告げるユーゼルに、エレインはくらりと眩暈《めまい》がしそうだった。

そういえば時折頼んだ覚えのないドレスが増えているような気はしていたが、これだけ買い込んでいるのだから覚えていないだけだろうとたいして気にしなかった。

まさか、浪費を咎められるどころか足りないと思われていたなんて……。

(どうなってるのよ、この国は……！)

女騎士として生きた前世では、とても衣装に気を遣う余裕などなかった。

フィンドール王国の伯爵令嬢として暮らしていた時も、周囲に馬鹿にされない程度の衣装は揃えていたが、とても衣装部屋を複数持つなどという思考なんて出てこなかった。

なのに、この国ではどうやらエレインが必死に頑張った程度の贅沢は「普通」であるらしい。

「使うべきところに金を使い、経済を活性化させるのも上に立つ者の重要な仕事だ」

「そうですか……」

あまりにも感覚が違いすぎる。

まるで婚約を申し込まれた直後に、ユーゼルがフィンドール王国の王都中の店を荒らしていた時のようだ。

あの時は「どれだけ浮かれてるのよ……」と呆れたものだが、もしかしたらあれが彼にとっての「普通」なのかもしれない。

(くっ、こうなったらもっと派手に浪費しなきゃ……！)

ドレスよりも値が張るものといえば――宝飾品だ。

「……わかりました。それなら、私を着飾るのに必要な宝飾品もバンバン購入させていただきますわ！」

やけくそになりながらそう宣言すると、初めてユーゼルは不満そうに表情を動かす。

「……いや、それは待ってくれ」

その反応に、エレインは「おや？」と首を傾《かし》げた。

今までエレインのドレス爆買いを諫《いさ》めるどころか「もっとやれ」と推奨していたユーゼルだが、宝飾品となると動く金の桁も変わってくる。

さすがに、ストップをかけに来たのだろうか。

(よし！　ここで無理を通せば私の悪評が広まるに違いないわ！)

内心でにやりと笑い、エレインは胸を張って宣言した。

「あーら、さっきまでは散々『もっと衣装を増やせ』と仰っていたのに、宝飾品となるとずいぶんと及び腰になるのですね。私にお金を費やすのがそんなに嫌なのですか？」

嫌みったらしくそう言ってやると、ユーゼルは静かに立ち上がった。

「……いや？」

彼の翡翠の瞳が、まっすぐにこちらを見つめている。

まるで、エレインの心の奥底まで見透かそうとするかのように。

「っ……！」

じわじわと体温が上がっていくのを感じ、エレインはとっさに目を逸らしてしまった。

……それがいけなかった。

「君が望むのなら、俺はすべての財を投げ捨てても構わない」

「ひゃっ！」

一瞬でエレインの背後を取ったユーゼルに、背後から腕を回され軽く抱き寄せられる。

「ただ、俺の沽券《こけん》に関わると思ってな」

「こここっ、沽券⁉」

あまりにも突拍子のない行動に、エレインはニワトリのように奇妙な声を上げてしまった。

「……この国では」

耳元でユーゼルが囁くたびに、びくりと体が反応してしまう。

これがユーゼル以外の人間であれば一瞬で振り払うことができるのに、何故か体がふにゃふにゃになってしまったかのように言うことを聞いてくれない。

「婚約が成立した時に、その証《しるし》として男性が愛する女性に選び抜いたジュエリー一式を贈るという慣習がある」

「そ、それで……？」

「この喉も、指先も」

「ひうっ！」

急に指先で喉を撫でられたかと思うと、もう片方の手でぎゅっと手を繋がれ、指の付け根をゆるゆるとユーゼルの指がなぞる。

「手首も、耳元も、額も……」

ユーゼルの指先が、次々とエレインの体の一部を掠める。

子猫の戯れのような些細な接触なのに、エレインはまるで高熱に浮かされるように何も考えられなくなってしまう。

「最初に君を彩る宝石は、俺が贈ったものでなければ困る。最高級のものを選定しているから、もう少し待っていてくれ」

懇願するようにそう言い含め、ユーゼルはエレインを解放した。

たっぷり数秒かけて、エレインはユーゼルの言葉を咀嚼《そしゃく》する。

つまりは……婚約者として最高のジュエリー一式を最初に贈りたいから、自分で選ぶのはもう少し待っていてくれということなのだろう。

「……だったら！　最初から手短にそう言ってください！」

そんなの、口で説明すれば数秒で済んだというのに。

先ほどの、意味深な触れ合いはいったいなんだったのか。

「やはり間近で君を浴びるとインスピレーションが湧く。最高級のものを贈るために、入念な調査は欠かせないんだ。さっそく職人に追加のオーダーをしなければ」

「……もう、勝手にしてください」

駄目だ。今日は調子が悪い。

これ以上彼と話していても、彼のペースにのまれてしまいそうだ。

そう自分に言い聞かせ、エレインはぷりぷりと怒りながら執務室を後にした。

……当初の目的がまったく達成できていないと気づいたのは、自室へ帰り着いてからだった。

ダメもとで侍女たちに「宝飾品を購入したいのだけど……」と頼んでみたが、既にユーゼルが手を回していたらしく、いつもエレインに甘い彼女たちには珍しくきっぱりと断られてしまった。

「いくらエレイン様の頼みでもそれだけは聞けませんわ」

「だって、ユーゼル様がお選びになった最高級のジュエリーセットで、エレイン様を艶《あで》やかに彩るのがわたくしたちの夢なんですもの……」

うっとりとした表情でそう言われてしまえば、それ以上我を通すことなどできなかった。

「……ちなみに、公爵夫人であれば三つほどの衣装部屋を持っているのが当たり前というのは――」

「ええ、その通りです。現状、エレイン様のお衣装はまだまだ不足しております」

「この国では朝食時、午前、昼食時、午後、夕方、夕食時、就寝時、外出時……その他もろもろで衣装を替えるのが推奨されております。特に夜会の場では、何度もお召し替えすることも――」

「ひえっ！」

想像しただけで眩暈がするようなブリガンディア王国の常識に、エレインは気が遠くなりそうだった。

さすがは大国。エレインからすれば無駄でしかない行動が多すぎる。

だが――。

「……私、今はあまり着替えずに済んでいるのだけれど」

「エレイン様の故郷の慣習を優先するようにと、ユーゼル様からお達しが出ております。ただでさえエレイン様は慣れない異国の暮らしで疲弊しているのだから、合わせられる部分はすべて合わせ、できる限りエレイン様に負担をかけないようにしてほしいと」

「ユーゼル……様、が？」

まさかユーゼルが使用人にそう言い含めているとは露知らず、エレインは目を丸くする。

そんなエレインを見て、侍女たちは微笑ましそうに口元を緩めた。

「それだけ、ユーゼル様はエレイン様を愛していらっしゃるのですよ」

「っ……！」

とっさに俯いてしまった。

だがそれでも、赤く染まった耳たぶは隠しきれていないだろう。

（なんなのよ、もう……！）

ユーゼルは前世の宿敵。なんとしても復讐してやりたい相手なのに。

……彼と再会してから、ずっと調子を狂わされてばかりだ。

◇◇◇

そもそも前世のシグルドは、今世のユーゼルとは似ても似つかない人間だった。

彼は記憶を失った状態で、エレインの前世であるリーファに保護された。

女王に命じられた通り、リーファは献身的にシグルドの世話をしていたものだ。

「ほら、着替えを持ってきたわ。脱いで」

「……そのくらい自分でできる。君には慎みというものがないのか？」

シグルドはとにかく寡黙で、不愛想で、コミュニケーションが取りにくい青年だった。

ぺらぺら口が回るユーゼルとは大違いである。

最初のうちは、リーファもとにかく苦労したものだ。

だが、共に過ごすうちに少しずつ、リーファにはシグルドの感情が読み取れるようになっていった。

「このスープ。特別に作ってもらったの。前に食べた時、お代わりしてたでしょ？」

そう言ってなみなみと野菜スープの入った椀《わん》を差し出すと、シグルドは驚いたように目を見開く。

「……別に、頼んでない。…………だが、せっかくだから頂こう」

そう呟くシグルドの目には、どこかほっとしたような穏やかな光が宿っていた。

これは「ありがとう」「嬉しい」のサインなのだろう。

そう気づくと、俄然《がぜん》楽しくなってきた。

シグルドのわずかな表情や声色の変化から、彼の感情を読み取るのだ。

わずかに眉間に皺《しわ》が寄るのは、不快のサイン。

ぐっとテーブルの下で拳を握っている時は、何かを警戒している。

口元に手を当てている時は、何か思案することがあるのだろう。

まっすぐにこちらを見つめている時、瞳孔が開いているのなら、こちらに興味を持っている証だ。

「いや、そんなの判別できるのリーファ隊長だけですよ」

「そうかしら……。よくよく観察してればわかると思うけど」

「そもそも、彼が多少なりとも心を許しているのがリーファ隊長だけなんですから。他の人が話しかけても、まともな返事が返ってこないんですよ」

仲間たちはそう言って笑った。

どうやらシグルドは警戒心が強いらしく、この宮殿で最初に親しくなったリーファ以外とはまともに会話すらしないらしい。

リーファとしては別にそれでもいいのだが、記憶のないシグルドがこの場所で暮らしていくとなると、少し問題も出てくるだろう。

そこで、リーファが思いついたのがもう一つの対話法だ。

「言葉で話すのが苦手なら、剣で語り合ってみない？」

そう言って訓練用の剣を差し出した時、シグルドは初めてわかりやすく表情を歪めた。

「……君は、頭まで筋肉でできているのか？」

「よくそう言われるわ。実際のところは見たことないからわからないけど、拳と拳、剣と剣で語り合えばもっとわかり合えると思うの。あなたが望むのなら拳でもいいけど、どうする？」

「剣を借りる」

いくら相手が女騎士とはいえ、拳と拳で殴り合うのは気が引けたのだろう。

シグルドは渋々といった調子で剣を取った。

リーファは彼の手を引くようにして、訓練場へと誘った。

別にリーファとて、見境なく行き倒れていた人間に力試しを挑んでいるわけではない。

シグルドと過ごすうちに、気づいたのだ。

……おそらく彼の身のこなしは、何か武芸を嗜《たしな》む者の動きであると。

そうであるならば、体を動かしているうちに勘を取り戻すかもしれない。

小手調べに軽く剣を打ち合い、リーファはすぐに悟った。

……やはり、シグルドはただ者じゃない。

きっと記憶を失う前は、相当な実力者だったのだろう。

……できれば、記憶を失っていない状態の全盛期の彼とやり合いたかった。

武人の性として、そんなことを考えてしまうほど。

いつしか夢中になって、リーファはシグルドと剣を打ち合った。

普段から訓練しているリーファの同僚ですら音を上げる激しい動きにも、シグルドは病み上がりとは思えない機敏な動きでついてくる。

「すごいっ……！　シグルド、あなたなら立派な騎士になれるわ！　ねぇ、私と一緒にこの国を守るために戦いましょう！」

思わず彼の両手を取ってそう告げたリーファに、シグルドは少し気まずそうに視線を逸らした。

だが、リーファは知っている。

彼がこうする時は、ただただ照れているのだと。

「……今まで世話になって恩があるからな。その分は働いて返すつもりはある」

「ありがとう、シグルド。あなたがいれば百人力よ！」

嬉しさのあまり抱き着くと、シグルドは驚いたように身を固くした。

リーファと仲間たちの間では当たり前のボディランゲージも、彼にとっては慣れないものらしい。

「……君は、誰にでもそうするのか？」

「だって、減るものじゃないし。別にいいじゃない」

「君も女性なのだから、もっと慎みを持て」

ゆっくりとリーファの体を引きはがし、シグルドは言い聞かせるようにそう告げた。

誰かにそんなことを言われるのは初めてで、リーファはぽかんとしてしまう。

幼い頃から「暴れ馬」「イノシシ」と称されるリーファを、こんな風に女性扱いしてくれたのはシグルドが初めてだったのだ。

……目の前の青年は、自分のことを女の子だと思ってくれている。

そう思うと急に恥ずかしくなって、リーファはぱっとシグルドから距離を置いた。

「あ、あなたがそう言うのなら、気をつけるわ……」

「……あぁ、そうしてくれ」

そう言って照れたように俯いたシグルドの姿を、今でもはっきりと思い出せる。

シグルドのことを考えると、懐かしさと苦しさに胸を締めつけられるようだった。

（……ユーゼルがシグルドに似ていなくてよかった……かもしれない）

もしも今のユーゼルが、シグルドによく似た性格だったら。

きっとエレインは、平静を保つことなどできないだろうから。

◇◇◇

あっという間に、婚約披露パーティーの当日になってしまった。

「お綺麗です、エレイン様……」

「きっと集まった者たちもエレイン様の可憐なお姿に見惚れてしまいますわ！」

侍女たちからべた褒めされ、エレインはくすりと笑う。

「ありがとう。あなたたちが綺麗に着付けてくれたおかげよ」

本日のエレインが身に纏うのは、翠《みどり》のきらめきを放つ鮮やかなドレスだ。

ドレスの袖は透明感のある生地でできており、花々や蔦《つた》の模様が施された刺繍《ししゅう》が、肩から手首にかけて優雅に広がっている。

ウエストラインから広がるスカートは多重のフリルが交差し、まるで緑の波紋が広がっているかのような美しさを見せている。

それぞれのフリルの縁には薄く金糸が織り込まれ、かすかな輝きを与えていた。

ドレスを身に纏うエレインはまるで森の中に佇む妖精のように美しく、自然の息吹と高貴なる品位が融合したその姿に、見る者は息をのまずにはいられないだろう。

エレイン自身も初めてこのドレスを目にした時は、思わず感嘆のため息を零したものだ。

ドレス自身に文句はない。だが、自分が身に纏うとなるとどうにもむずむずしてしまう。

それというのも――。

「ユーゼル様の瞳の色を纏うエレイン様……素敵です！」

その言葉に、エレインは舌打ちしたくなるのを寸前で堪えた。

そう、何を隠そうこの美しいグリーンのドレスは……。

（なにも、ここまでユーゼルの目の色と同じじゃなくてもいいじゃない！）

この一着は、エレインが自分で買い求めたものではなくユーゼルに贈られたものだ。

今日だって別のドレスを着たいと主張してみたが、いつになく頑固な侍女たちに半ば強制的に着せられてしまったのである。

「ユーゼル様の瞳の美しさは社交界でも有名ですから」

「今まで幾人ものご令嬢が、アピールのためにユーゼル様の瞳の色と似たドレスを身に纏うことがありましたが――」

「ここまで完璧な色合いのものは初めてです！　それをユーゼル様の婚約者であるエレイン様が、お披露目の場で身に纏うなんて……歴史に残る瞬間になりますわ！」

大げさな……と呆れつつも、エレインはなんだかそわそわしてたまらなかった。

だってこんなの、二人揃って「浮かれすぎのバカップル」みたいな扱いをされるに決まっている。

（いや、悪女ムーブのためにはそれでいいのかしら？　今の私は大国の公爵様に見初められて舞い上がっている田舎娘って設定だし……）

残念なことに、今日までのエレインの爆買いはたいして悪評へと繋がってはいない。

それどころか、「ガリアッド公爵夫人としてはまだ足りない」かのようにも言われるのだ。

こうなったら今日の婚約披露パーティーで完璧な演技力を発揮し、ターゲットであるグレンダの神経を逆なでし、なんとか巻き返さなくては。

あらためてそう決意した時、部屋の扉が軽くノックされた。

すぐに対応した侍女が、喜色に満ちた声を上げる。

「エレイン様、ユーゼル様がいらっしゃいました！」

（うげ）

こんな姿を見られたら何を言われるか……と思うとどうにも及び腰になってしまう。

だが、いつまでもここに籠城するわけにはいかない。

気を落ち着けるように息を吸い、エレインはユーゼルを通すように許可を出した。

「素晴らしい……まるで、森の奥にそびえたつ古城に住む深窓の姫君と出会ったかのようだ」

（実際は小国の王宮で酔っ払いを成敗していた時に出会いましたけどね）

芝居がかった言葉でエレインを褒め称えるユーゼルに、エレインは気恥ずかしさを押し隠してお辞儀をしてみせた。

「お褒めに与《あずか》り光栄です、ユーゼル様。こちらのドレスもユーゼル様が選んでくださったとのこと、感激ですわ」

「俺のパートナーとして大勢に君をお披露目するんだ。最高に美しい君を皆に見せたかった」

（……いつの間に、そんなに口が回るようになったのかしら。昔は、剣と剣で語り合っていたのに）

ユーゼルの前世であるシグルドは、間違ってもこんな歯の浮くようなセリフを口にする人物ではなかった。

だから、現世での変貌に戸惑うと同時に……どこか寂しさのような感傷も覚えてしまう。

だがそれを押し隠すようにして、エレインは華やかな笑みを浮かべた。

「ふふ、嬉しいです。ユーゼル様の婚約者として皆様にご挨拶できるなんて……」

「あぁ、俺も楽しみだ。それと……」

途中で言葉を切り、ユーゼルは背後に控えていた従者を呼び寄せた。

従者が持っているのは、美しい装飾の施されたベルベットの箱だ。

ユーゼルが丁寧な手つきでその箱を開く。

否応《いやおう》なしに中身が目に入り、エレインは思わず目を見張った。

ネックレス、指輪、ブレスレット、イヤリング、ブローチ……。

美しい翠の宝石がきらめく、ジュエリー一式だ。

「ようやく、形になった。今の君も眩《まばゆ》いほど美しいが……俺の手で、更に君を彩らせてくれ」

とろけそうな甘い笑みを浮かべ、ユーゼルはそう口にする。

「これだけ俺の色を纏えば、君は俺のものだと集まる者たちを牽制《けんせい》できるだろう？」

あまりにもまっすぐな愛情表現に、エレインの頬がじわじわと熱を帯びていく。

反論しようと、やりすぎだと言いたいのに、うまく言葉が出てこない。

「……私相手にここまでするのは、あなたくらいですよ」

結局口から出てきたのは、そんな負け惜しみでしかなかった。

◇◇◇

公爵邸の庭園には既に多くの招待客が集まり、難攻不落の公爵を射止めた小国の令嬢の登場を待ちわびている。

その中の一人――ノーラン侯爵令嬢グレンダは、威嚇するようにアッシュグレーの巻き毛を撫でつけた。

「……片田舎の伯爵令嬢ごときが、よくもユーゼル様を……！　格の違いを見せつけてやるわ！」

「その意気です！　グレンダ様‼」

すぐさま、グレンダの傍にいた令嬢たちが同調するように声を上げた。

その声に少しだけ気分をよくし、グレンダはふん、と鼻を鳴らす。

「どうせ田舎の女らしく下品な手でも使ってユーゼル様に取り入ったのよ！　わたくしが目を覚まして差し上げなくては……！」

グレンダはノーラン侯爵家という、ブリガンディア王国でも指折りの名家の娘だ。

幼い頃から、世界は常にグレンダの思い通りに動いた。

男も女も、皆がグレンダに傅《かしず》いた。

もちろん欲しいものはなんでも手に入れることができた。

……たった一人——ガリアッド公爵家のユーゼルを除いて。

多くの乙女たちと同じように、グレンダは初めて会った時からそのミステリアスな貴公子に夢中になった。

だが、彼は振り向いてはくれなかった。

どれだけ美しいドレスを纏っても、きらびやかな宝石を身に着けても、流行りの化粧も香水もなんの意味もなかった。

有象無象の男性に愛を乞われてもなんの意味もない。

たった一人、ユーゼルでなければ。

幸いなことに、彼はブリガンディア王国中のどの女性にもなびく気配を見せなかった。

だから、グレンダは安心していたのだ。

長期戦にはなるだろうが、グレンダは名門侯爵家の娘。

ユーゼルも落ち着いて考えれば、誰が一番自身の妻に、未来の公爵夫人にふさわしい女性か理解するだろう。

そう思って、ずっと待っていたのに……。

(まさか、どこぞの田舎娘と婚約して連れ帰ってくるなんて……!)

まさに青天の霹靂《へきれき》だった。その知らせを聞いた時、王国中の乙女が涙したことだろう。

グレンダも盛大に涙で枕を濡らした。

そして、涙が乾いた頃に湧いてきたのは……猛烈な怒りだ。

今まで誰にもなびかなかったユーゼルが、いきなり婚約まで済ませたのだ。

きっと、何か事情があるに違いない。

大国の公爵が小国の伯爵令嬢に脅されるとは考えにくいが、何か弱みを握られているのかもしれない。

（それなら、わたくしがお救いして差し上げなくては……！）

グレンダは燃えていた。

卑怯《ひきょう》な手を使った田舎の伯爵令嬢ごときがユーゼルの妻として、ガリアッド公爵夫人として振舞うなんて許せない。

絶対に、化けの皮を剝いでユーゼルの目を覚まさせてやる……！

グレンダがそう闘志を燃やしていると、公爵家の使用人があらたまって咳払いをし、恭しく口を開いた。

「皆様、大変お待たせいたしました。ガリアッド公爵家当主のユーゼル様、並びに婚約者のエレイン様のご入場です」

来た……！　と目を爛々と輝かせ、グレンダは憎き女が現れるであろう場所を睨みつけた。

ユーゼルにエスコートされ、エレインは会場へと足を踏み入れた。

その途端、無数の視線がこちらへ向けられるのを感じる。

だが、臆することはない。

元は王太子の婚約者だったのだ。この程度の注目を浴びることには慣れている。

(さて……思った以上に、敵意はなさそうね)

これでも前世は騎士。こちらに向けられる敵意には敏感だと自負している。

不思議と、今エレインへと向けられる視線からはほとんど敵意が感じ取れなかった。

(多くが驚きのようだけど……何故? 今の私にそんなに驚く点がある?)

実際のところ、招待客の多くは現れたエレインの存在に目を奪われていた。

小国の伯爵令嬢など、たいしたことはないだろう。そんな侮りを見事に打ち砕く、眩いばかりの美女が現れたのだ。

その姿は森の妖精のように可憐で、とても敵意など抱けたものではない。

更には愛らしさだけではなく気品と威厳を兼ね備えた凛とした立ち姿は、見る者に自然と畏怖の念を抱かせた。

だが何よりもこの場の者たちを驚かせたのは、隣に立つユーゼルとの見事な調和だった。

エレインが身に纏うドレスも宝石も、ユーゼルの瞳と同じ色をしている。

更にはユーゼル自身も、傍らのエレインに愛しげな視線を注いでいるのだ。

今までどんな女性にも興味を示さなかった、難攻不落の貴公子が、だ。

寄り添う二人の姿は、まるで一枚の絵画のように完璧だった。

誰もが、感じ取らずにはいられないだろう。

……ユーゼル・ガリアッドは、本気で隣の女性を愛しているのだろうと。

一方エレインは、会場中に愛らしい笑みを振りまきながらも油断なくターゲットを探していた。

(えっと、お目当ての女性は……いた！　きっと彼女ね‼)

ぼぉっと見惚れるような視線の中でたった一つ。仇敵でも見るような鋭い視線。

まっすぐにこちらを睨みつける存在に、エレインは内心でにやりと笑った。

誰よりも華やかなドレスを身に纏う、美しいアッシュグレーの巻き毛を持つ女性。

彼女こそが、事前に情報を得ていたグレンダ・ノーランに間違いない。

これから、エレインが盛大に喧嘩《けんか》を売るべき相手なのである。

(その目、いいじゃない……！　もっと私を憎んでちょうだい……！)

彼女には「反エレイン派」として盛大に暴れてもらわなければならないのだから。

グレンダと視線が合った瞬間、エレインは今日一番の朗らかな笑みを浮かべてみせた。

当然、グレンダが殺気交じりの視線をぶつけてくる。

ここに、二人の戦いの火蓋が切って落とされたのだ。


「お会いできる日を楽しみにしておりました、エレイン様」

「お噂はかねがね……」

「評判以上に美しく聡明《そうめい》な方でいらっしゃるのですね！」

「さすがはガリアッド公爵だ。まさかこんなに素晴らしい女性を見つけられるとは……」

ユーゼルと二人で挨拶に回ると、招待客は口々にエレインのことを褒め称えた。

エレインは笑顔で応対しながらも、歯がゆさを覚えていた。

……本当は、もう少し皮肉や反発混じりのことを言われるかと思っていたのだ。

だが蓋を開けてみれば、賛辞一色なのである。

(くっ、思った以上に好印象……。やっぱり私の希望の星はグレンダ……あなたよ!)

会場のどこにいても、グレンダの強い視線を感じる。

特に、ユーゼルがエレインについて言及する時などはひとしおだ。

「えぇ、彼女はまさに私の光。退屈な毎日に彩りを与えてくれた女神のような存在です」

「あのガリアッド公爵がこんなに情熱的に……まさに、恋は人を変えるのですね!」

デレデレと恥ずかしげもなくエレインへの愛を語るユーゼルに、皆驚きの表情を見せてくれる。

どうやら皆の知るユーゼル・ガリアッドは、まかり間違ってもこんな風に公衆の面前でこっぱずかしいセリフを吐くような人物ではなかったらしい。

(もしかして、私に会う前のユーゼルは意外とシグルドに似ていたのかしら……?　だったら、こんな風に変貌しないでほしかったわ)

もし、もしも……エレインと再会した後も、ユーゼルの性格がシグルドと同じだったら。

そうしたら……エレインはどうしていたのだろうか。

(翻弄されることなくユーゼルを殺せてた?　それとも……)

……こうして前世のことを思い出すと、ついのめり込みすぎてしまう。

だから、ユーゼルの変化に気づかなかった。

「……エレイン」

不意に耳元でそう囁かれ、エレインはびくりと肩を跳ねさせてしまう。

「疲れたのか？　ぼぉっとするとは君らしくないな」

こちらを心配するような言葉とは裏腹に、ユーゼルの瞳は何かを探るような色を帯びていた。

その鋭い視線に、ぞくりと背筋に冷たいものが走る。

慌てて誤魔化すように、エレインは明るい声を出した。

「申し訳ございません、ユーゼル様。少し緊張していたのかもしれませんわ。……そうだ！　わたくし、同じくらいの年の方ともお話がしてみたいのですが……」

余計なことは考えるな。

今はいかにユーゼルに婚約破棄を切り出させるか、グレンダが怒らずにはいられない悪女として振舞うかだけを考えろ。

そう自分に言い聞かせ、エレインはグレンダと彼女の取り巻きたちがいる一角へと視線を送る。

ユーゼルが余計な気を回す前に、早く勝負をつけなくては。

「あれは……ノーラン侯爵令嬢か。先にノーラン侯爵に話を通し、同席してもらった方が……」

どうやらユーゼルにも、自分に惚れている女性と婚約者をなんの策もなしに近づけない方がいいというデリカシーはあったらしい。

だが、ここで引き下がるエレインではない。

「いいえ、今お話がしたいのです」

「……珍しく強硬だな」

「ユーゼル様こそ、何故わたくしと彼女がお話をするのを嫌がるのですか？　もしや……彼女との間に何か秘匿すべき事情がおありで？」

挑発するようにそう囁くと、ユーゼルのこめかみがぴくりと動いた。

「心外だな、俺はずっと君一筋だよ」

「なら問題ないでしょう？」

「まったく……何を考えているのかは知らないが、ほどほどにしておいてくれよ」

ユーゼルも、エレインが何かを企んでいることに気づいたのだろう。

だが、無理に止めようとはしなかった。

グレンダとの痴情のもつれを疑われたことが不本意だったのか、それとも何も起こらないだろうと高を括ったのか……。

（いずれにせよ、その判断を後悔させてあげるわ）

今から始まるのは、女と女の戦いだ。

社交界で強い立場にあるグレンダを煽って反感を誘い、エレインの居場所を消し飛ばしてもらわなければ。

（……大丈夫、やれる）

口元に余裕の笑みを浮かべ、エレインはグレンダの方へ向かって足を進めた。

近づいてくるエレインとユーゼルを見て、グレンダを取り巻いていた令嬢たちの間に緊張が走る。

だが当のグレンダだけは、怯むことなく毅然とエレインを睨んでいた。

「ご挨拶が遅れて申し訳ございません。このたびユーゼル様と婚約いたしました、エレイン・フェレルと申します。どうぞよしなに」

そう言って、エレインは完璧なお辞儀をしてみせる。

晴れやかな笑顔のエレインとは対照的に、グレンダはツンと取り澄ました表情のまま口を開いた。

「あなた、どちらからいらっしゃったのかしら？」

（来たっ……！　これは「お里が知れますわ」の前振りね‼）

あまりにもわかりやすいグレンダの言動に、エレインは思わず勝利の笑みを浮かべそうになってしまった。

だが努めて冷静に、エレインは少し緊張した振りをしながら告げる。

「西のフィンドール王国より参りました。田舎者ゆえ皆様にご迷惑をおかけすることもあるかと存じますが、どうぞお手柔らかにお願いいたします」

「あぁ、フィンドール王国ね。あの小さい国。どうりで訛《なま》ってると思ったのよ」

グレンダが高圧的にそう言った途端、ぴしりと場の空気が固まった。

取り巻きの令嬢たちは顔を青ざめさせ、おろおろとグレンダとエレインの様子を窺っている。

だが当のエレインは、今までになく高揚感を覚えていた。

今の状況は、グレンダがエレインに手袋を叩きつけた——勝負を申し込んだに等しいのだ。

だったら、正々堂々と受けて立つまで。

「まぁ、お恥ずかしいですわ……！」

エレインは頬に手を添え、いかにも「恥じらっています」という雰囲気を醸し出す。

「言葉に関しては毎晩ユーゼル様にご指導いただいているのですが、やはり高貴な方にはわかってしまいますのね」

ことさら「毎晩」と「ユーゼル様に」を強調し、エレインは挑発した。

もちろん、そんな事実はない。

だがグレンダにとっては、とんでもない一撃となったようだ。

「なっ……！」

グレンダは表情を引きつらせ、わなわなと唇を震わせている。

エレインの言葉がよほどショックだったようだ。

間髪を容《い》れずに、エレインは追撃を浴びせる。

「ブリガンディア王国に嫁いだ以上、一日でも早くガリアッド公爵夫人――いいえ、ユーゼル様の妻として皆様に認めていただけるように努力いたします。至らない点がありましたら、今のように仰っていただけますと幸いです。あっ、でも……」

一度言葉を切り、エレインはグレンダの方を窺う。

グレンダは怒りで顔を赤く染め、ぷるぷると震えていた。

……この調子だと、あと一押しで爆発するだろう。

「それでも、ユーゼル様が好きになってくださった『わたくしらしさ』は失《な》くしたくないと思ってしまうんです。田舎の伯爵令嬢でしかなかったわたくしが、こんな立派な国の公爵様に求婚されるなんて、今でも信じられませんが……」

エレインは全力で「グレンダが嫌いそうなタイプの天然愛され女」を演じていた。

自分でも似合わない自覚はあるが、これでグレンダの怒りが買えるなら安いものだ。

想定通り、エレインの挑発はグレンダの怒りのツボを的確に刺激したようだ。

「このっ……」

怒りに打ち震えるグレンダが、勢いよく口を開く。

エレインはそこから己に対する罵倒が飛び出すのを期待したが――。

「きゃああぁぁぁぁ!!」

会場の一角から大きく悲鳴が上がり、グレンダの罵倒が掻き消されてしまう。

エレインは反射的に声の方へと振り返る。

そして、目を見張った。

「覚悟しろ！　クソ貴族どもめ!!」

「今こそ蜂起の時！」

「我々はこの場で正義を取り戻す!!」

「ガリアッド公爵の女を狙え！　血祭りに上げろ!!」

真っ赤な装束を身に纏う者たちが、何やら叫びながら会場に乱入してくるではないか。

「……なんですか、あれ」

「この国の反王政勢力『紅の狼《おおかみ》』の一味だな。見る限り、ほぼ触発された一般人のようだが」

焦ることもなくさらりと答えたユーゼルに、エレインは頭が痛くなりそうだった。

確かにユーゼルの言う通り、乱入者の動きは統制された組織というよりも、ほぼ暴徒に近い。

だがそれでも、普段暴力と無縁の貴族たちは大パニックだ。

我先にと逃げ出し、会場は大混乱状態となっている。

「エレイン様、中へお入りください！」

すぐに公爵家の使用人が駆けつけ、エレインを安全な場所へと誘導しようとした。

（まったく、いいところだったのに……）

台無しにされてしまったわ……と少々残念に思いつつ、エレインはグレンダの方を振り返る。

「ノーラン侯爵令嬢もこちらへ……！」

エレインと同じように、彼女も使用人に声をかけられている。

だがグレンダはこの状況がよほどショックなのか、動けずにいるようだ。

それが、いけなかった。

「あの派手な服の女！　あいつがガリアッド公爵の女だろ‼」

暴徒の一人が、大声でそう叫んだ。

……エレインではなく、グレンダを指さして。

（まさか……！）

彼らもこれが「ガリアッド公爵の婚約披露パーティー」だということはわかっているのだろう。エレインの顔を知らない彼らからすれば、一番派手なドレスの女＝ガリアッド公爵の婚約者という認識なのかもしれない。

そして本日のグレンダのドレスは、主役であるエレインを食ってやろうとする意気込みがありありと感じられる、とてつもなく派手な一着だった。

つまりは、エレインと間違えられてグレンダは襲われようとしているのだ。

そう考えた瞬間、エレインの中で「騎士」としての本能が目を覚ます。

反射的にエレインは地面を蹴っていた。

美しくテーブルクロスが敷かれたガーデンテーブルに飛び乗り、グレンダと暴徒の間に割って入る。

そして――。

「うぐっ！」

勢いよく、暴徒の脳天に向かって踵落《かかと》としをお見舞いしてやった。

「なっ……!?」

一人を倒したら、すぐに次へ。

まるで舞い踊るように鮮やかなその動きに、誰もが目を奪われずにはいられない。

暴徒たちは皆、貴族の女がドレスをひるがえしながら立ち回るその姿に、まるで見惚れるように動きを止めている。

だから、対処するのは容易かった。

「ぐはっ！」

「はひぃ！」

「ひぎゃ！」

猫のようにしなやかな肢体を自由自在に操り、一人一人的確に、エレインは暴徒を無力化していく。

（まったく、酔っ払いの喧嘩の仲裁よりも簡単ね）

バリバリの女騎士として戦っていた前世からすれば、赤子の手を捻《ひね》るようなものだ。

あっという間に暴徒たちを片付けたエレインは、この状況に腰を抜かして震えるグレンダへと近づく。

「ひっ……！」

グレンダは先ほどの高飛車な態度とは一転して、怯えるような瞳をエレインに向けている。

先ほどエレインを馬鹿にしようとした時とは違い、今の彼女は無力な一人の少女だった。

だから、エレインは――。

「ご無事ですか、ノーラン侯爵令嬢」

グレンダの傍に跪き、手を差し伸べる。

――弱き者を助けよという、敬愛する前世の主の言葉に従って。

「目につく範囲の暴徒は鎮圧しましたが、第二陣が来ないとも限りません。どうか、今のうちに屋

敷内へ避難を」

そう言葉にしてから、エレインははっとした。

（やってしまった……）

しまった。今日のエレインはグレンダに嫌われるべく演技していたというのに。

それなのに、うっかり騎士としての本能に従い、グレンダを守ってしまった。

（どうしよう……ここからなんとか挽回できない？　「べ、別にあなたのためじゃないんだからね！」とか言っとく？　いや、それは方向性が違うような……）

エレインは必死にここから稀代の悪女になれるルートを探した。

グレンダは俯いたまま動かない。

（何はともあれ、まずはグレンダを安全な場所へ避難させた方がよさそうね）

どうすればグレンダに社交界を追放されるかを考えるのは、その後でもいいだろう。

だが、エレインが説得したところでグレンダが動くとは思えない。

こんな状況にもかかわらず、エレインの傍で高みの見物を決め込んでいるユーゼルに説得させるべきか……。

そう考えた時だった。

「こ……」

俯いていたグレンダが消えそうな声で呟く。

「こ？」

「こ、怖かったぁ……！」

顔を上げたグレンダはくしゃりと表情を歪めたかと思うと、渾身の力でエレインに抱き着いてきたのだ。

「ちょっ⁉」

慌てて引きはがそうとして、エレインは気がついた。

ぎゅっとしがみつくグレンダの体は、迷子の子どものように小刻みに震えていたのだ。

（まったく……社交界の華といってもまだ子どもね）

前世でいくつも死線を潜り抜けてきたエレインとは違い、グレンダは蝶よ花よと大切に育てられてきたご令嬢。

こんな風に間近で暴力の危機に晒《さら》されることなどなかったに違いない。

だから、今だけは……休戦協定を結ぶこととしよう。

（元気になったら、ちゃんと私を社交界から追放するのよ）

そんな思いを込めて、エレインはそっとすすり泣くグレンダの背を撫でた。

「一件落着、だな」

その様子を見ていたユーゼルが、満足げにそう呟く。

エレインは思わずじとりとした視線を彼に向けてしまった。

「どこをどう見たらそうなるんですか？　この一件、どう考えてもガリアッド公爵家の手落ちですよ」

「あぁ、だが得られた収穫は大きい」

「はぁ……？」

こんなアクシデントが起こったのにもかかわらず、ユーゼルは意味深な笑みを浮かべている。

相変わらずわけのわからない男だと、エレインは思わず顔をしかめてしまった。

◇◇◇

「……失礼いたします」

ユーゼルの執務室に足を踏み入れると、部屋の主は鷹揚《おうよう》にエレインを迎えてくれた。

「どうした？　やっと俺と愛を深めてくれる気になったのかな」

「ふざけたこと言わないでください。本日の警備状況について、お尋ねしたいことが」

婚約披露パーティーはめちゃくちゃになってしまったが、幸いなことに招待客側には一人も怪我人を出さずに済んだ。

だが、エレインはこの状況にどこか違和感を覚えずにはいられなかった。

ユーゼルは抜け目のない男だ。

それなのに、今日のパーティーの警備は不自然なまでに隙があった。

念のため侍女に頼み、警備状況を教えてもらったところでエレインの懸念は確信へと変わった。

「あなた……襲撃の可能性があることを知っていて、わざと警備の手薄な場所を残したんでしょう」

そう問い詰めると、ユーゼルは笑みを深める。

「……心外だな。俺は、最愛の婚約者をお披露目するせっかくの機会をめちゃめちゃにされて激怒しているよ」

「激怒してるって顔じゃないんですよ！　……はぁ、それで対外的には被害者ぶるつもりですか」

「『紅の狼』は他でも被害を出している。誓って言うが、俺が手引きしたわけじゃない。被害者なのは間違いないだろう」

「高確率で襲撃されるってわかっていて、十分な安全策を講じないのはもはや手引きしたと同義だと思いますけど……」

あんまりなユーゼルの言い分に、エレインは大きくため息をついた。

つまりこの男は、王侯貴族に鬱憤を溜《た》めた「紅の狼」が襲撃してくる可能性が高いことを理解したうえで、わざと警備体制に不十分な点を残したのだ。

……あくまで、外部からは追及されない程度に。

「……何故、こんなことをしたんですか」

今回人的被害が出なかったのは、不幸中の幸いにすぎない。

一歩間違えれば、大惨事になっていた可能性だってある。

この男が、それをわからないはずがないのに。

（ならば、どうして？）

じっと睨みつけると、ふっとユーゼルは笑った。

「知りたいか？」

「ええ、そのためにここに来ましたので」

「なら教えてやろう」

そう言って、ユーゼルはまっすぐにエレインを見つめ、口を開いた。

「君の舞うように戦う姿をもう一度見たかった」

「………………は？」

「君の性格上、危険に晒される者が残っていれば、見捨てて逃げるような真似はできないだろう。だから、危機的状況に陥ればもう一度君の美しい舞が見られると思ってな」

「え、は？」

……つまりは、初めて出会った時のような姿をもう一度見たかったから、わざとこんな事件が起こるように仕向けたのか？

嘘だと思いたいが、あの時のユーゼルはエレインに対処を任せ、ほとんど傍観者のような立場に徹していた。

……まさか本当に、エレインの戦う姿が見たかったとでもいうのだろうか。

「嘘でしょ……」

「判断は君に任せよう」

「そんなこと言って、本当はもっと別の理由があるんでしょう⁉　ほら、『得られた収穫は大きい』とか言ってましたし！」

「収穫についてはじきにわかる。一時的には損をするかもしれないが、将来的にはよい方向に働くことは間違いない」

「……全然わからないんですけど」

「ならば夜通しレクチャーしようか？　それこそ君がノーラン侯爵令嬢に言ったように、毎晩でも」

「っ……結構です！」

グレンダを挑発するためについた嘘を引っ張り出され、エレインは真っ赤になって逃げ出した。

（本当に、なんなのよ……）

ユーゼル・ガリアッドという人間は本当に得体が知れない。

これなら、寡黙で無表情なシグルドの方がわかりやすかったのかもしれない。

そう考えたところで、エレインの胸はずきりと痛んだ。

（いいえ、私は何もわかっていなかった。シグルドが、国を裏切ろうとしていることに気づきもしなかったんだもの……）

今も昔も、彼に関してはわからないことばかりだ。

ユーゼルの言葉が、嘘か本当かもわからない。

彼が度々口にする、エレインへの好意だって……。

（……嘘なのかも、しれないじゃない）

彼のことを考えるだけで、心がかき乱されてしまう。

そんな自分の変化に、エレインは大きなため息を漏らしてしまった。

◇◇◇

意外なことに婚約披露パーティーの一件において、ガリアッド公爵家が社交界で責められるような動きはないようだ。

むしろ、ユーゼルは晴れの舞台を台無しにされた被害者として同情されているらしい。

（まったく、計画が台無しよ）

せっかく、グレンダを扇動してエレインを社交界から追放するように仕向けようと思っていたのに。

（こうなったら、もう一度私の方からグレンダに接触を――）

「エレイン様、少々よろしいでしょうか」

物思いにふけっていると、侍女に声をかけられた。

「ええ、構わないわ。何かしら」

「実はノーラン侯爵家から、先日の礼に伺いたいとのお話が来ておりまして……」

（まさか向こうから来てくれるなんて！）

まさに渡りに船。エレインは自身の幸運に感謝した。

この場合の「礼」というのは建前で、むしろ「もう少しで大怪我するところだったわ！　何もかもあんたのせいよ、この疫病神‼　さっさと田舎に帰って二度と顔を見せないでちょうだい！」とエレインを糾弾してくれるに違いない。

グレンダがエレインを潰す意思を見せれば、周囲の女性たちも必ず同調する。

そうなればもうエレインの居場所はない。社交界追放は決まったようなものだ。

「……グレンダ様が直接いらっしゃるのかしら」

「はい、そのように伺っております」

「よかった……。グレンダ様は例の一件でショックを受けられていたようだから、心配していたの。是非直接会ってお話がしたいわ」

慈愛の笑みを浮かべながらそう言うと、侍女たちは「さすがはお優しいエレイン様！」と絶賛しながら仕事に戻っていった。

(公爵家の人たちに悪女扱いしてもらうのはうまくいかなかったけど……大丈夫、グレンダが私にとどめを刺してくれるはずよ！)

遠回りしてしまったような気がするが、これでやっとこの国の社交界を追放され、ユーゼルも婚約破棄せざるを得ない状況に持っていけそうだ。

この公爵邸で過ごす時間も残り少ないだろうから、思う存分リアナを堪能しておこう。

そんな邪な思いを胸に、エレインは敬愛する前世の主を探すために立ち上がった。


果たして、約束通りグレンダはやってきた。

いかにも勝負服といった雰囲気の、可愛らしいドレスを身に纏って。

「ご足労いただき感謝いたします、ノーラン侯爵令嬢。先日はこちらの不手際で恐ろしい思いをさせてしまい、大変申し訳ございませんでした。この場を借りてお詫《わ》び申し上げます」

応接間で向かい合い、エレインは低姿勢でそう謝罪した。

わざと下手に出て、グレンダを調子づかせ過激な態度を引き出すためだ。

だが当のグレンダは、エレインの謝罪を受けると何故か頬を赤らめてもじもじとしている。

（あら……？）

今の言葉に、何か恥ずかしがる要素はあっただろうか。

ユーゼルが同席しているならともかく、この場にいるのはエレインのみ。

エレインは知らない間にユーゼルが来たのかとこっそり周囲を見回したが、やはりあの男の姿は見えない。

だとすれば、グレンダは何故こんなにしおらしくしているのだろうか。

（先日の件がよほどショックだったのかしら……。だったら、もっと調子に乗ってもらわないと）

「……わたくしも、あれからいろいろと考えましたの。もしかしたら事件を起こしたあの方たちは、わたくしのような小国の人間が公爵様の婚約者となったことに不満を抱いているのではないかと。……わたくしのような者に、果たして公爵夫人となる資格があるのかと」

言葉の途中で、エレインはちらりとグレンダの方を窺う。

「そうよそうよ！　あんたみたいな田舎者が大きな顔をしているから庶民もつけあがるのよ！」みたいな罵倒が飛んでくるのを期待して。

だが、相も変わらずグレンダは顔を赤らめもじもじしている。

その態度を不可思議に思いながらも、エレインは続けた。

「ですから、わたくしのような者は……おとなしく田舎に帰った方がいいのではないかと――」

「っ……！　駄目です！」

急にグレンダが大きな声を出したので、エレインは驚いてしまった。

目を丸くするエレインに、グレンダは顔を真っ赤にして恥じらっている。

「やだ、わたくしったら……こんなに大きな声を出してはしたないわ……」

「あの、グレンダ様……？」

「どうしましょう、エレイン様に恥ずかしいところを見せてしまったわ。消えたい……」

「お気を確かに、お嬢様！　お嬢様は世界一お可愛らしいので大丈夫です！」

涙目になるグレンダを、彼女の侍女が必死に慰めている。

……まったく意味がわからない。

いつの間にか別の世界に迷い込んでしまったような気すらして、エレインはぽかんとその光景を眺めていた。

「えっと、あの……？」

首を傾げるエレインに、グレンダの侍女が丁寧に説明してくれる。

「驚かせてしまい申し訳ございません、エレイン様。実はグレンダ様、婚約披露パーティーの場でエレイン様に命を救われたことがきっかけで、エレイン様のファンになってしまったようで――」

「……え？」

思わずグレンダの方へ視線をやると、こちらを見ていたグレンダとばっちり目が合ってしまう。

その途端グレンダは、可哀そうなほど顔を真っ赤に染めて恥じらい始めた。

「やだっ、恥ずかしいわ……！」

「ふふ、この通りグレンダ様は照れ屋で、大変お可愛らしい方でございます。本日も、『エレイン様はどんなドレスがお好きかしら。変だと思われないかしら……』と何時間も鏡の前で悩まれるほどで――」

「もう、言わないで！　エレイン様に呆れられてしまうじゃない……」

（えぇ……？）

グレンダの態度を見る限り、侍女の嘘というわけでもないようだ。

……どうしてこうなった。

想定外の展開に、さすがのエレインも情報の処理が追いつかない。

「私の、ファン……？　何故に……？」

「だって、颯爽とわたくしを助けてくださったエレイン様は……どんな英雄譚《たん》に出てくる騎士よりも素敵でしたもの……」

夢見る乙女のように瞳を輝かせるグレンダを見て、エレインは表情が引きつりそうだった。

前世で騎士だった身として、助けを求める乙女を救うのは当然のことである。

だがまさか、こんな結果を生んでしまうとは。

「お願いだから故郷に帰るなんて仰らないで。エレイン様を田舎者と馬鹿にする不敬者は、わたくしの名にかけて許しません！　わたくし、これでも『社交界の華』と呼ばれて一目置かれておりますの。これから二輪の華として、共にブリガンディア王国の社交界を席巻いたしましょう！」

グレンダはキラキラと輝く瞳で、力強くそう宣言したのだ。

（どうしてこうなった……！）

想定していたのとは真逆の展開に、エレインは魂が抜けそうだった。

これで、エレインの社交界デビューは図らずとも成功が約束されてしまった。

グレンダ、並びにノーラン侯爵家が味方についたのだ。

（おかしい、こんなはずじゃなかったのに……！）

思わず頭を抱えそうになった時、応接室の扉を叩く音が聞こえた。

扉から顔をのぞかせたのは、この屋敷の主――ユーゼル・ガリアッドその人だった。

「ようこそいらっしゃいました、ノーラン侯爵令嬢。先日はこちらの不手際で危険な目に遭わせてしまい大変失礼いたしました。我が婚約者が華麗に助けに入り、お怪我はなかったと伺っておりますが……」

「ええ、あの時のエレイン様はまるで……天から戦乙女《ヴァルキリー》が舞い降りたかのように凛々《りり》しく可憐でしたわ……！　わたくし、運命を感じましたの……」

「それは喜ばしい。俺も初めてエレインに出会った時はまさに運命だと感じました。こうして口説き落として我が国に連れてくることができたのは、まさに僥倖《ぎょうこう》。ノーラン侯爵令嬢、どうか我が妻をよろしくお願いいたします」

まるで牽制するように「我が妻」の部分を強調しながら、ユーゼルは爽やかにそう告げた。

(口説き落とされてないし、妻じゃないし、何言ってるのよ……！)

サラッと言葉に嘘を織り交ぜるユーゼルに、エレインは舌を巻いた。

ユーゼルの牽制とも取れる言葉に、グレンダはどこか複雑そうな顔をしている。

「えぇ、そうですわね。エレイン様はユーゼル様の婚約者……。わたくしの憧れの二人がご結婚なさるのは喜ばしいはずなのに、エレイン様をユーゼル様に取られたような複雑な思いを抱いてしまうなんて……」

(え、そっち？　逆じゃなくて？)

「ご安心ください、ノーラン侯爵令嬢。ガリアッド公爵家とノーラン侯爵家は代々友好的な関係を築いております。エレインが公爵夫人となれば、もはやノーラン侯爵令嬢との不滅の仲は約束されたようなもので――」

グレンダを丸め込もうとするユーゼルの弁舌を聞き流しながら、エレインは「もうどうにでもなれ」と遠い目になっていた。

やっと理解できた。婚約披露パーティーの直後にユーゼルが口にしていた「得られた収穫」とは、このグレンダの変貌を予期してのことだったのだろう。

グレンダ及びノーラン侯爵家の協力が得られれば、この国の社交界においてこれほど心強いことはないのだから。この男はいったいどこまで計算ずくなのかと、エレインは恐怖に似た感情を覚えるほどだった。

「はぁ……」

その晩、エレインは一人バルコニーで星を眺めていた。

グレンダを利用してエレインの社交界での立場を失墜させ、ユーゼルが婚約破棄せざるを得ない状況に持っていくはずだったのに。

何故かグレンダには気に入られ、ユーゼルには婚約破棄どころか「我が妻」宣言までされてしまった。

「おかしい……」

「何がおかしいんだ？」

「ぎゃっ！」

急にもはや聞き慣れた声が耳に届き、エレインは弾かれたように振り返る。

想像通り、そこにいたのはエレインの婚約者――ユーゼルだった。

「ノーラン侯爵からもお礼状が届いていたよ。君に対しては『どうか娘と仲良くしてやってほしい』とも」

「やっぱりおかしいわ……。ノーラン侯爵令嬢は、あなたに懸想《けそう》していたと伺っていましたが」

「君の魅力には抗《あらが》えないのだろう。その気持ちはよくわかる」

くすりと笑ったユーゼルがゆっくりとこちらへ近づいてくる。

思わず身構えるエレインに、ユーゼルは愉快そうに目を細める。

「その難攻不落なところも俺の興味を引いてやまない。どうか、君を攻略する最初の男になりたいものだ」

「……言ってて恥ずかしくないんですか、それ」

「何が恥ずかしいものか。君の魅力の前では、俺などただ愛を乞うだけの男だ」

「……やめて」

やっぱり、彼を前にすると調子が狂ってしまう。

その目で見つめられると、甘い言葉をかけられると、冷静な思考ができなくなってしまう。

……それが、怖い。

彼は許さざる宿敵なのに。すべてを奪われた相手なのに。

……いつか、ほだされてしまうのではないかと、それが恐ろしい。

「今も、星の光に照らされた君はいつも以上に輝いていて触れれば消えてしまいそうで恐ろしい」

……やめて、そんな風に言わないで。

彼への復讐心が消えてしまうのが怖い。

あの苛烈な感情を、忘れてしまうのが怖い。

前世で自分が生きた証が……シグルドと共に過ごした日々が、塗りつぶされてしまうようで。

いつもだったら耐えられた。

だが、何もかもが自分の思った通りには進まないこの状況で、エレインの精神も疲弊していたのかもしれない。

だから、普段なら絶対に口にしないような言葉が飛び出してしまったのだ。

「君の存在こそが、俺の唯一の――」

「やめて！　シグルドはそんなこと言わない！」

シグルドの名を出したのは、わざとじゃなかった。

頭がぐちゃぐちゃになって、つい出てしまったのだ。

だがその途端、急に接近してきたユーゼルに強く腕を掴まれ、エレインは思わず息をのむ。

見れば、数秒前まで甘く溶けていた翡翠の瞳が、今は底冷えするような冷たい光を宿し、こちらを射抜いている。

「……また、その名前か。フィンドール王国でもその名を呼んでいたな」

どうやら、ユーゼルは覚えていたらしい。

ごくりと唾を飲むエレインに、ユーゼルは不快そうに口を開く。

「誰なんだ、そいつは」

（あなたが、それを言うの……）

ユーゼルは自分の前世が「シグルド」という人間であったことを知らない。

だが、彼自身にそう言われるのは……まるでシグルドの存在が――前世でエレインが大切にしていたすべてが否定されたような気がして、胸がきしんだ。

思わず視線を逸らしたエレインに、ユーゼルは軽く舌打ちする。

「誰だか知らないが、今の君は俺の婚約者なんだ。そんな男のことは忘れろ」

その言葉が耳に届いた瞬間、エレインは自分の心がばらばらに砕け散ったような気がした。

(忘れろ、なんて)

夢中で駆け抜けた、あの楽しかった日々も。

敬愛する女王のことも、信頼する仲間たちのことも、何より……リーファとシグルドが共に過ごした、かけがえのない時間のことも。

(あなたにとっては、その程度だったの……？)

だから、国を、リーファを裏切ったのだろうか。

(私は、あなたになら命すら預けられると思っていたのに……)

リーファはシグルドを信頼していた。安心して背中を預けられる唯一の相手だった。

シグルドも……同じ思いでいてくれると思っていたのに。

すべてリーファ――エレインの、独りよがりだったのだ。

俯いて唇を噛むエレインをどう思ったのか、シグルドは更に距離を詰めてくる。

「……すぐに忘れさせてやる」

顎を掬われたかと思うと、息をつく暇もなくユーゼルの顔が近づいてくる。

そして、唇が触れ合う寸前に――。

「あなたにはわからないわっ……！」

エレインは渾身の力でユーゼルを突き飛ばす。

ユーゼルとの距離が開いた隙をついて、エレインはその横を縫うようにして駆け出した。

……ユーゼルは追いかけてこなかった。

エレインは無我夢中で走り、自室へ戻った途端その場にへたり込んでしまった。

「エレイン様、どうなさいました⁉」

「……なんでもないわ。今日は少し疲れたから、もう休ませてちょうだい」

悲しみで胸が押しつぶされそうだ。

ユーゼルが前世の記憶を覚えていないことなんて、最初からわかっていたのに。

だが、彼自身の言葉で……「シグルド」の存在を否定するようなことを言うのだけは、許せなかった。

広い寝台に体を横たえ、ぎゅっと枕を抱きしめる。

(シグルド……)

ユーゼルと言い合いになったからだろうか。

どうしても、彼のことばかり考えてしまう。

ユーゼル……いや、彼の前世であるシグルドのことを。

裏切り者だと発覚する前、彼は間違いなくリーファにとって特別な存在だった。

既に国一番の騎士として名を馳せていたリーファに並ぶ実力。

そして何より……リーファが弱音を吐きたくなった時にさりげなく傍にいてくれる。

そんな存在だったのだ。

◇◇◇

「……ここにいたのか」

長いことこの宮殿で暮らしているリーファは、一人になりたい時にうってつけの場所をいくつも知っている。

……今日は、誰にも会いたくない気分だった。

だからその中でもより見つかりにくい場所を選んだのに、何故だか彼だけはリーファを見つけてしまうのだ。

宮殿の裏手の古い石垣に座るリーファの隣に、そっとシグルドも腰を下ろした。

……ちゃんと知っている。

本当にリーファが放っておいてほしいと思う時は、シグルドは近づいてこない。

ただ、こんな風に他人を拒絶しながらも、心のどこかで助けを求めている――そんな時には、こうやって傍に来てくれるのだ。

だからこそ、リーファは胸の奥から溢れそうな悲痛な叫びを零した。

「……私のせいだわ」

敵国との小競り合いのさなか、リーファの部下の一人が大きな怪我を負った。

幸いにも命に別状はなかったが、しばらくは戦場に出ることは叶わない。

それどころか……後遺症が残れば、騎士としての道を絶たれてしまうかもしれない。

指揮を執ったのはリーファだ。

それゆえに、責任を感じずにはいられないのだ。

「相手はこちらよりも強大な国だ。常に犠牲の一つもなく戦いを終えられるとは限らない」

「でも、私がもっと適切に指示できていれば」

「作戦を立てたのは別の奴だと聞いているが」

「実際に指揮をしたのは私よ。私の、せいだわ」

再び俯くリーファに、シグルドは大きくため息をつく。

いつまでもめそめそしている自分に呆れたのかと、リーファは身を固くする。

だが降ってきたのは……存外しっかりとした言葉だった。

「あまり、君の仲間を舐めない方がいい」

驚いて顔を上げると、シグルドはまっすぐにこちらを見つめていた。

その真摯な瞳に見つめられると、まるで心の奥底まで見透かされるような気がした。

「彼らは自身の命を賭す覚悟を決めて騎士の道を選び、君に従っているんだ。それなのに先導する君がそんな有り様でどうする」

……いつもそうだった。

リーファがこうして落ち込んでいると、シグルドは傍に来てくれる。

だが彼は、決して安易な慰めの言葉は吐かなかった。

――「君のせいじゃない」

――「今回は運が悪かっただけだ」

――「君が責任を感じる必要はない」

ただ単にリーファを慰めたいだけなら、そんな甘い言葉を口にすればいい。

だがシグルドはそんな無責任な真似はしなかった。

甘い言葉など、多くの騎士を導く立場のリーファには一時のまやかしにしかならないとわかっているのだ。

――「痛みを受け入れ、それでも前へ進め」

いつもシグルドは、そうリーファの背中を押してくれる。

それが、有難かった。

「君が毅然と立っているからこそ、彼らは自身を、国を……そして君を信じて戦うことができる。それを忘れるな」

一見厳しくも聞こえる激励の言葉に、リーファは微笑んだ。

「えぇ、そうね。……ありがとう、シグルド」

きっと、シグルドはわかっているのだろう。

昔は孤児、今は騎士たちを先導する立場であるリーファは、容易に他人に弱音を吐くことができない。

そんなことができる相手はたった一人――今隣にいるシグルドだけなのだ。

どうして彼には弱い部分を見せることができるのかは、リーファ自身にもよくわからない。

いや、きっと……本能的に、彼なら一時の慰めよりも未来を見据えた激励をくれるとわかっているからだろう。

この美しい国を狙う敵国との戦いは日々激しさを増している。

きっとこの先、リーファは何度も後悔し、立ち止まりそうになるだろう。

だがそれでも、歩みを止めたり逃げるわけにはいかないのだ。

敬愛する主の、自分を慕ってくれる仲間の、そして愛する故郷のために。

「私、また迷うかもしれない。その時は……また、こうやって背中を押してくれる？」

そっと問いかけると、シグルドはふいっと視線を逸らした。

「……さぁな。保証はできない」

あくまでぶっきらぼうなその態度に、リーファはくすりと笑う。

（そんなこと言って……私が本当に落ち込んでいる時は、いつだって来てくれるくせに）

彼に寄りかかりすぎれば、きっと一人では立てなくなってしまう。

だが自身を苛《さいな》む負の感情を一人で抱え込み続ければ、きっと壊れてしまう。

だからこそ、リーファにとってシグルドの存在は特別なのだ。

今のこの距離感が、一番二人にとって心地がよくて、都合がよくて。

（そうね……私たちはこれでいい）

ほんの少し手を伸ばせば、届いてしまう距離だ。

それでも、シグルドもリーファも……互いに手を伸ばそうとはしなかった。

……その判断が、正しかったのか間違っていたのかはわからない。

だが今になって、もしあの時、手を伸ばしていたら……違う未来が待っていたのだろうかと、考えずにはいられないのだ。

無意識に気持ちに蓋をしていた。

仲睦《むつ》まじい夫婦や恋人同士を見るたびに、「自分には縁のないことだから」とリーファは自身に言い聞かせ続けてきた。

目を逸らし続けていたのだ。

もしシグルドと手を取り合ってしまったら、きっとリーファは皆の求めるリーファではいられなくなってしまう。

今の厳しい情勢の中で、それは許されないことだった。

だから自身がシグルドに抱く、あの信頼や友愛とは違う、甘酸っぱい確かな感情を……結局最後まで言語化することができなかった。

だが、今ならばわかる。

エレインとして生まれ変わっても、彼のことばかり考えてしまうのは。

ユーゼルに「そんな男のことは忘れろ」とシグルドの存在を否定された時、どうしてあんなに熱くなってしまったのか。

どうして……ずっとずっと彼のことが忘れられないのか。

「私……シグルドのことが好きだったんだ」

そう口にした途端、胸の奥底から切なさが湧き上がってくる。

（今更、気づくなんて……）

彼は裏切り者なのに。

リーファに優しくしてくれたのも、すべて彼の策略だったかもしれないのに。

だが、それでも……胸の奥に芽生えた想いだけは消せそうになかった。

「なんで、今になって気づいちゃうのかなぁ……」

熱くなった瞼を、抱きしめた枕に押しつける。

実らなかった初恋の相手は、リーファの大切にしていたすべてを奪った宿敵で。

おまけに、生まれ変わった今の婚約者で。

エレインはこんなにも彼のことが忘れられないのに、ユーゼルはすべてをきれいさっぱり忘れてしまっている。

「そんなの、ずるいじゃない……」

こんな時、どうすればいいのかわからない。

だってこんな風に、どうしようもないほど誰かを好きになるのは初めてだから。

込み上げる熱い想いが、嗚咽《おえつ》となって喉から飛び出しそうになってしまう。

ぎゅっと枕に顔を押しつけて、エレインは静かにむせび泣いた。

「それで、是非今度我が家が主催する夜会にいらしてくださいな！　わたくしとエレイン様の熱々っぷりを社交界中にアピールしてやりますから！　きゃっ、言っちゃった！」

べらべらしゃべっていたかと思うと、急に恥じらい始めたグレンダを見て、エレインはくすりと笑った。

あれ以来、グレンダは暇さえあれば公爵邸へ押しかけてくるようになった。

どうやら「エレインのファンになってしまった」という言葉は本当らしい。

……これだけ友好的ならば、グレンダを操りユーゼルとの婚約破棄へと仕向けることもできるだろう。

だが何故か、そんな気力も湧かずにエレインはただぼんやりと彼女のおしゃべりの聞き役に徹しているのだった。

（ユーゼルのことは、しばらく考えたくないもの……）

――「誰だか知らないが、今の君は俺の婚約者なんだ。そんな男のことは忘れろ」

――「……すぐに忘れさせてやる」

あの夜、ユーゼルを突き飛ばして逃げ出してから……彼とはまともに顔を合わせていない。

エレインはユーゼルを避け続けており、ユーゼルの方も前に比べればエレインに近づいてこようとしなかった。

ユーゼルは多忙なうえに、公爵邸は広い。

避けようと思えば、いくらでも避けれてしまうのだ。

(このままなら、自然消滅かもしれないわ)

ユーゼルもやっとエレインがとんでもない女だということに気づき、代わりの婚約者を探しているのかもしれない。

だが、それもどうでもよかった。

歓喜も、悲嘆も感じない。ひたすらにどうでもよいのだ。

「約束ですからね、エレイン様！　エスコート役はユーゼル様に譲って差し上げますけど、わたくしの一番のお友達だと紹介することは譲りませんからね！」

ボケッとしている間に、グレンダとなんらかの約束を交わしていたようだ。

彼女は何度も何度もそう念押しして、名残惜しそうに帰っていった。

約束の内容はわからないが、控えている侍女が把握しているだろうから問題はないだろう。

ふぅ……とため息をつき、グレンダの姿が見えなくなったのを確認してから屋敷の中へと戻る。

自室で休もうか……と足を進めていると、廊下の向こうから近づいてきたのはエレインが前世で敬愛してやまなかった女王の生まれ変わり――リアナだった。

「あ、お姉様！」

「ごきげんよう、リアナ」

どんな時でもリアナに対してだけは真摯に接しなければ。

そんな意識から、エレインはにっこりとリアナに微笑みかけた。

だがリアナは、何かに気づいたように目を丸くしたかと思うと……意を決したように口を開いた。

「あ、あの、お姉様……実はお話が！」

「あら、あらたまってどうしたの？」

「明日……いえ、ご都合のよろしい日で構いませんので、わたくしと一緒に大神殿へ同行してくださいませんか？」

「大神殿……？」

おそらくリアナが言っているのは、ここブリガンディア王国の王都にある国一番の神殿のことだろう。

「そうね……一応公爵家当主の婚約者として、ご挨拶に伺った方がよいのかしら」

「いえ、その、そういった堅苦しい感じではなく……」

リアナには珍しく、彼女はもごもごと何かを言いよどんでいるようだった。

「その、わたくし……実は大神殿の神官様と文通をしておりまして」

「文通？」

「はい。それで……エレインお姉様がここに来てくださったのが嬉しくて、お手紙にお姉様のことを書いたのです。そうしたら、神官様が是非お姉様にお会いしたいと仰っておりまして……」

「なるほど……」

どちらかというと神殿と公爵家の今後の関係を……といった公的な訪問ではなく、リアナの友人としてエレインがどんな人物なのかプライベートで会ってみたいということだろうか。

だとしたら――。

「もちろん、構わないわ。明日なら用事もないし、さっそく行きましょうか」

「本当ですか⁉　ありがとうございます、お姉様！」

ぱっと歓喜の表情を浮かべるリアナに、エレインは微笑ましい気分になる。

……ユーゼルに関してのもやもやは、とりあえず置いておこう。

いつまでリアナの傍にいられるかわからないのだから、精一杯彼女との時間を楽しみたい。

「そうですわ、お姉様。どうせお出掛けするのですからわたくしと一緒に王都を回りませんか？

お姉様はまだこの国にいらっしゃったばかりですし、いろいろとご案内させていただきます！」

きらきらと輝く瞳でそんな風に見つめられては、断るという選択肢は存在するわけがなかった。

「ありがとう、リアナ。とっても楽しみよ！」

勢い余って抱き着きたくなるのを堪え、エレインは明るくそう返した。

（はぁ、まさかリアナと本当の姉妹みたいに仲良くお出掛けできるなんて……ユーゼルの婚約者なんて不本意だけど、これだけは役得よね……）

そんな邪な思いを表に出さないように気をつけながら、エレインはにこにこと笑い、明日のプランを話すリアナを見つめた。

「おはようございます、お姉様！　本日はわたくしの我儘に付き合っていただき感謝いたします！」

（うっ、可愛い……！）

翌日、朝一番に迎えに来たリアナの愛らしさに、エレインはポーカーフェイスを保ったまま内心で悶絶した。

本日のリアナは、いかにも「良家のご令嬢」といった可愛らしさ全開のドレスを身に纏っている。本人の可憐さも相まって、まるで春の花のように、見る者の表情をほころばせるだろう。

「ふふ、今日一日エレインお姉様を独占できるなんて……お兄様に嫉妬されちゃいそうです」

「ぁ……」

リアナがユーゼルの存在に言及した途端、エレインの脳裏に先日の彼との諍《いさか》いが蘇る。

愛らしいリアナに「実は今あなたのお兄様と揉《も》めてます」などと悟らせたくはなかったが、エレインの態度でリアナも何かを察したのかもしれない。

深く追及することなく、そっとエレインの手を握ってくれた。

「……お姉様。お姉様がここへ来てくださって、わたくしとても嬉しいです。先日の婚約披露パーティーではあんな事件もありましたし。お姉様もお疲れですよね。だから、今日は……思いっきり楽しんじゃいましょう！」

（あぁ、この御方は本当に……）

その明るい笑顔に、優しい瞳に、何もかもを許し包み込むような美しい心に。

誰もが惹きつけられずにはいられない。跪かずにはいられない。

今も昔も、彼女はエレインにとっての光そのものだった。

できることなら今すぐ跪いて忠誠を誓いたいが、お出掛けに誘った義姉（予定）にそんなことをされてもリアナも戸惑ってしまうだろう。

鋼の心で忠誠を誓いたくなるのを堪え、エレインは淑女の笑みを浮かべてみせる。

「ありがとう、リアナ。私も、あなたと一緒に出掛けられるのを楽しみにしていたの。今日はよろしくね」

「はいっ！　お任せください！」

花が咲くような明るい笑みを浮かべるリアナを愛おしく思いながら、エレインはそっと微笑んだ。

「まずは王立美術館に向かいませんか？　わたくしのお勧めスポットなんです！」

「あっ、あのブティックで新作のドレスが展示されてますね。お姉様によく似合いそう！」

「ここは王都の中でも老舗《しにせ》のカフェなんです。公爵邸のパティシエが作るデザートも大好きなんですけど……やっぱり外で食べると気分が変わりますよね！」

くるくると表情を変えるリアナを見ているだけで、エレインは満ち足りた気分だった。

教養としての知識は頭に入っているが、実は芸術の良し悪《あ》しはよくわからない。

新作のドレスは、自分よりもよほどリアナの方が似合っていると思う。

カフェで口にしたデザートは……うん、リアナの言った通り公爵邸のパティシエの力作デザートに引けを取らない味だった。

少し噛み合わない部分はあるが、エレインはなんだかんだでリアナとのお出掛けを楽しんでいる。

ブリガンディア王国はこの大陸の中でも一番の大国だ。

エレインの故郷、フィンドール王国よりもよほど活気があり、あらゆる点で技術が進歩している。

（なるほど、魔法技術がない部分はこうして補っているのね……）

優れた魔法技術により繁栄を築いていた前世の故郷とはまた違い、エレインは行く先々で興味深く観察を続ける。

（そういえば、リアナは魔力持ちなのよね……）

前世とは違い、この時代の人間で魔力を持つ者は非常に少ない。

しかし、リアナはそのうちの希少な一人だとブリガンディア王国に来る前から聞いていた。

しかし、ここに来てから彼女が魔法を使っている場面を見たことはない。

「ねぇ、リアナ」

「なんでしょう、お姉様」

「実は、リアナが魔力持ちだと聞いたのだけれど……」

エレインの耳に届く情報なのだ。別に、リアナとて隠しているわけではないのだろう。

そう思い軽い気持ちで尋ねると、彼女はきょとんとしたのち得心がいったように答えてくれた。

「はい。一年ほど前に神官様がそう仰いました。でも、神官様によればわたくしの魔力はまだ眠っているそうで……実は、自分ではあまり『魔力持ち』がどういうものなのかわからないんです」

「あら、そうなの？」

「ええ。早くお兄様やエレインお姉様のお役に立てるようになりたいのですが……」

リアナが潜在能力を開花させれば、それこそあらゆる人間が彼女を欲するだろう。

ガリアッド公爵家としても、またとない外交用のカードになるだろうが――。

「……リアナは、そのままでいいと思うわ」

「え？」

「魔力なんて使えなくても、あなたは素晴らしい存在なんですもの。……きっと、あなたのお兄様もそう思っていらっしゃるはず」

魔力持ちであるかどうかなんてどうでもいい。

そんなことにしかリアナの価値を感じない者たちになど、大切なリアナを渡してなるものか。

そう思うのはきっと、ユーゼルも同じだろう。彼はあれでいてなかなかのシスコンだ。

エレインやユーゼルにとって真に価値があるのは、リアナの中の魔力ではなく、その美しい心根や優しい笑顔の方なのだから。

「だから、あなたはそのままでいいの」

重ねてそう言うと、リアナは俯いてぎゅっと唇を引き結んだ。

（あれ、私何か言ってはいけないことを言っちゃった⁉）

エレインは慌てたが、リアナの手がきゅっとエレインのドレスを掴んだのに気がついて息をのむ。

その手は、かすかに震えていた。

「……ありがとうございます、エレインお姉様。実は、ずっと不安だったんです。魔力持ちなのになんの活躍もできないわたくしは、公爵家の中でお荷物なんじゃないかって――」

「……そんなこと、あるわけがないわ」

もしもリアナに対してそんなふざけた口を利く者がいれば、エレインはそいつを許しはしない。躊躇なく斬り捨てることも辞さない覚悟だ。

「右も左もわからないままこの国に来た私に、あなたが微笑みかけてくれた時……どれだけ心強かったかわかる？　あなたがそこにいてくれるだけで、私は勇気づけられ、救われるの。きっと私だけじゃない。ガリアッド公爵家の者たちなら、皆そう思っているはずよ」

少しでも気を抜けば「前世からお慕い申し上げておりました……！」と漏れ出そうになるのを堪え、エレインは必死に自らの想いを伝えようと言葉を絞り出す。

（そう、あなたがそこにいてくれるだけで……私たちは奮い立つの）

エレインの前世――リーファはどれだけ強敵に相対しようとも、決して逃げることはなかった。

自身の背後にある水晶の都に、誰よりも敬愛する女王がいるのだから。

そう思うだけで、どれだけでも力が湧いた。

彼女を、彼女の愛する国を守るためなら、命すら惜しくはなかった。

魔力があるかどうかなんて関係ない。

リアナの存在そのものこそが、何よりもの「魔法」なのかもしれなかった。

「……ありがとうございます、お姉様！」

そう言って顔を上げたリアナの表情は、もう曇ってはいなかった。

太陽のように明るく輝く笑顔は、いつだってエレインの心を癒してくれる。

……やはり、彼女には笑顔が一番似合う。

「それじゃあ次は……劇場はいかがでしょうか！　今の時期だと、どんな演目がやっていたかしら……」

くるくると表情を変えるリアナを眺め、エレインは満足げに微笑んだ。

◇◇◇

「すっかり遅くなってしまったわね……。神官様との約束は大丈夫？」

「はい。お勤めが終わった後に時間を作ってくださるとのことだったので」

エレインはリアナと散々王都デートを満喫した後、元々の目的地である大神殿に向かっていた。

やがて、馬車の窓の向こうに白亜の神殿が姿を現す。

「わぁ……！」

沈みかけた夕陽に照らされるその神殿は、思わず畏怖してしまうような荘厳な佇まいをしている。

フィンドール王国にも神殿はあったが、規模が段違い。

（さすがは大国。とんでもないわね……）

リアナの後に続いて神殿を進みながら、エレインは素直に感心していた。

リアナはこの場所でも顔なじみの存在のようで、通り過ぎる神官たちは皆こちらに会釈してくれる。

「これからお会いする約束をしている神官様は、偉い立場にいらっしゃる方なの？」

「いえ、階位はそれほど高いわけではないのですが……とても熱心な方で、話しやすくて、お優しくて、周囲からの信も厚く――」

これから会う神官のことを尋ねると、リアナは嬉しそうに答えてくれた。

いつになく熱っぽく語るリアナの様子に少々の違和感を覚えつつも、エレインは応接室へと足を踏み入れる。

リアナと他愛ない話をしていると、やがて扉が叩かれる音がした。

「失礼いたします。お待たせいたしました、ガリアッド公爵令嬢」

扉を開け入室したのは、まだ年若い青年だった。

リアナと文通しているというのだから、てっきり女性だと思っていたエレインは驚いてしまう。

（え？　この人がリアナの文通相手？　意外……）

いくら俗世を捨てた神官とはいえ、うら若き乙女であるリアナと文通するなど変な勘繰りをされたりはしないのだろうか。

ぽかんとするエレインに、神官の青年はにっこりと微笑む。

「お会いできる日を楽しみにしておりました、ガリアッド公爵夫人」

どうやら神官の青年はエレインが既に公爵夫人の座に収まったと思っているらしい。

まだ公爵夫人ではないと訂正するべきか、適当に流すべきか……と迷っていると、リアナが助け船を出してくれる。

「イアン様、お姉様はまだお兄様と正式に結婚されたわけではないので、公爵夫人というのはその――」

「おっと申し訳ございません。どうも俗世には疎くて……よろしければ、お名前を伺っても？」

神官の青年は爽やかな笑みを浮かべている。

だがその笑顔にどこか胡散臭《うさん》さを感じ取ったエレインは、少しの棘を含ませ言い返した。

「……失礼ですが、初対面の相手に名を尋ねるならば、先にご自身が名乗られては？」

エレインの言葉を受けて、神官の青年は気分を害した様子もなくさらりと告げた。

「おやおや、私としたことが……大変失礼いたしました。この神殿に仕えるイアンと申します」

「イアン……」

なんの変哲もない、昔からありふれた名前だ。

なんなら、エレインの前世であるリーファの同僚にも同じ名の者がいたくらいに。

なんにせよ、彼が名乗ってくれたのだからこちらも名乗るべきだろうと、エレインは外交用の笑みを顔に張りつけた。

「お初にお目にかかります、イアン様。フィンドール王国より参りました、エレイン・フェレルと申します。現在はガリアッド公爵家のユーゼル様と婚約し、公爵邸に滞在しておりますの。リアナとも、とても親しくさせていただいておりますわ」

「お会いできて光栄です、エレイン様。ガリアッド公爵令嬢からお噂はかねがね伺っております」

暗に「こっちはリアナの保護者ですから」と牽制しても、神官イアンは少しもたじろぐことなくリアナとの仲の良さを強調してきた。

……おもしろくない。非常におもしろくない。

このイアンという男はどうも得体が知れない。

こうして少し話しただけで、なんとも言えない薄気味悪さを感じてしまう。

だが、何よりもエレインがおもしろくないのは――。

「イアン様とは、その……以前からお手紙のやりとりをしておりまして……」

頬を赤らめながらちらちらとイアンの方を窺うリアナは、まぎれもなく恋する乙女の顔をしていた。

誰に説明されなくともわかる。リアナが、この胡散臭い神官に恋をしているということぐらい。

(リアナ……何故こんな胡散臭い男に⁉)

エレインは微笑みの表情を取り繕ったまま、内心でショックを受けていた。

リアナとて年頃の乙女だ。誰かに心惹かれることもあるだろう。

だがその相手が胡散臭い神官とは……リアナのことを悪く言いたくはないのだが、どう見ても趣味が悪い。

(私だってリアナの恋路を邪魔したいわけじゃないわ。でも……さすがにこの男はどうなの？)

今のリアナの態度を見れば、誰だって彼女の想いを悟らずにはいられないだろう。

……もちろん、イアンだってリアナの想いをわかっていないわけがない。

神官という立場なら、それこそリアナの想いを律しようと距離を置いたり、諭したりするべきではないのだろうか。

それなのにこのイアンという男は、まるで何も気づいていないかのように平然と振舞っているのだ。

しれっとリアナと文通を続け、今日エレインをここに呼び寄せたことも……まるで何かを企んでいるような気がして、エレインの胸がざわついた。

(何を思って、私を呼び寄せたの？　まさか、還俗《げんぞく》してリアナと正式に結婚する気だから協力しろってこと……？)

だとしたら、もっと真摯な態度で臨んでほしいものだ。

まるで他者を惑わすようなイアンの態度は、どうもエレインの癪に障る。

目の前の男にいつかリアナを奪われるのではないかと思うと、我慢がならない。

まだ会ってわずかな時間しか経っていないというのに、既にエレインにとって目の前の神官の心証は最悪に近かった。

「それで、お兄様は本当にエレインお姉様のことがお好きでいらっしゃって……」

「エレイン様はとてもお美しい方ですからね。公爵閣下が気に入られるのもわかります。私も今日初めてお会いしましたが、まるで女神が現れたのかと驚いたものです」

（よくもまぁ、そうべらべらと口が回るものね……）

イアンのしらじらしい褒め言葉を聞き流しながら、エレインはティーカップを口に運ぶ振りをし大きくため息をついた。

「ええ、お姉様はとてもお綺麗で、でも、それだけじゃなくて……強くて、お優しくて……」

「リアナ？」

嬉しそうにエレインのことを紹介していたリアナだが、だんだんと言葉がたどたどしくなっていく。

「どうしたの？　調子が悪い？」

「すみません、なんだか眠くて……」

「リアナ！」

心配するエレインの目の前で、ついにはリアナの体がぐらりと大きく傾く。

すぐに抱き留めたので大事には至らなかったが、もしもエレインの対応が遅ければ、彼女の体は床に叩きつけられていたかもしれない。

ほんの少し前まで、体調を崩した様子もなかったのに。

「イアン様！　すぐに医者の手配をお願いします！　それとリアナを寝かせられる場所を――」

慌ててイアンに助力を求めたが、言葉の途中でエレインは戦慄した。

イアンは先ほどと変わらず、穏やかな笑みを浮かべてこちらを見ている。

……目の前で公爵令嬢であるリアナが急変したというのに、慌てる素振りも見せない。

「心配なさる必要はありませんよ」

彼は落ち着き払った口調で、青ざめるエレインにそう告げた。

まるで、リアナに異変が起こるのを知っていたとでもいうように。

「何、どういうこと……」

「ガリアッド公爵令嬢は病気で倒れたわけではありませんので」

「……どうして、そんなことがわかるの」

「だって」

イアンと名乗る神官は懐から小瓶を取り出し、意味深に笑った。

「私が薬を盛りましたから」

「っ……！」

リアナを片手で抱いたまま、エレインは護身用のナイフを取り出し構える。

目の前の男が少しでもおかしな行動を取れば、すぐに息の根を止められるように。

だがイアンはそれでも、少しも動揺を見せなかった。

「それ以上おかしな真似をすればあなたを殺すわ」

「おやおや、物騒ですね。ですが……あなたは私を殺せませんよ。少なくとも、私がガリアッド公爵令嬢にどんな薬を盛ったのか白状させるまでは」

あからさまな殺意を向けられているというのに、神官イアンは笑っていた。

まるで、この状況がおもしろくてたまらないとでもいうように。

「これが毒薬であれば、正しい解毒剤を用いないと思わぬ副作用で彼女が大変なことになってしまう可能性もある。私が死んで情報が得られなくなるのは困る。そうでしょう?」

「……ならばここで、自白するまで拷問してやりましょうか」

「遠慮しておきますよ。あなたに本気で拷問されたらすぐに情報を吐いてしまいそうですから」

イアンはやれやれと肩をすくめると、まっすぐにエレインを見つめ懐かしそうに目を細める。

「……安心しました。すっかり牙を抜かれたと思っていましたが、あなたのその抜身の刃のような鋭さは健在のようで」

「何を、言っているの」

「……今世でもお会いできて光栄です、リーファ」

その名前が耳に届いた途端、エレインはひゅっと息をのんでしまった。

「な、んで……その名前を……」

エレインとして生まれてから、誰にも自身の前世のことを話したことはない。

ユーゼルにさえ、彼の前世である「シグルド」の名前しか口にしたことはないのだ。

どう考えても、目の前の男がエレインの前世である「リーファ」の名を知っているわけがないのに……!

「……あなたは、何者なの」

そう問いかけると、イアンはへらりと笑う。

「おやおや、名乗った通りですよ。私は『イアン』です。もしやお忘れになったのですか?　共に女王陛下のため、命を賭した仲間だというのに」

「え……？」

エレインはもう一度前世の記憶を反芻《はんすう》した。

……確かに、前世の同僚に「イアン」という名前の男がいた。

もしも、彼があの「イアン」だとしたら——。

「あなたは……前世の記憶があるの……？」

おそるおそるそう問いかけると、イアンは鷹揚に頷く。

「ええ、もちろん。だからこそこうして、前世と同じ名を使い続けているわけですが……私も自分と同じように前世の記憶を持っている相手に出会うのは、あなたが初めてですよ、リーファ」

どこか懐かしさすら感じさせる笑みを浮かべる前世の同僚を前に、エレインは思わず脱力しそうになってしまった。

◇◇◇

「……最近の君は、あの身元不明の男の世話に熱心なようだね」

不意にそう声をかけられ、リーファはくるりと振り返る。

そこにいたのは、リーファと同じく女王に仕える騎士の一人——イアンだった。

「ええ、そうなの！　シグルドってびっくりするほど強いのよ！　まだ行き倒れていた時の後遺症で動きのキレが悪いけど、回復すればきっとすごい剣士に――」

途端にべらべらと早口で話し始めたリーファに、イアンは苦虫を嚙みつぶしたような顔をした。

「本当に皮肉が通じないんだな、君は」

「皮肉？　あなたもシグルドのことが気になっているんじゃなくて？　これから二人で訓練をする予定だけど一緒に来る？」

「いや、遠慮しておくよ」

イアンの真意がわからずに、リーファは首を傾げた。

現在のリーファは、行き倒れていた記憶喪失の青年――シグルドの育成に夢中だった。

何しろ彼は過去の記憶がないのに、素晴らしい剣の腕を持っているのだ。

きっとイアンもそんなシグルドのことが気になって仕方ないのだと思っていたが、どうやらそうではないらしい。

「……君の目から見て、あの男に不審な点は？」

「不審な点って？」

「例えば、こっそりとどこかへ連絡を取っているとか……」

「記憶喪失なのにそんなことできるはずがないじゃない」

至極真面目にそう返すと、イアンは呆れたようにため息をついた。

「その記憶喪失が演技の可能性だってあるだろう。正直僕は、彼が敵国のスパイなんじゃないかと疑っている。君も女王陛下も甘すぎるんだ。どこの誰かもわからない人間を宮殿内に招き入れるなんて――」

「なるほど」

イアンの懸念に、リーファは素直に頷いた。

そういえばシグルドを連れ帰ってきた当初も、女王の側近がそのようなことを言っていた気がする。

だが――。

「それは大丈夫よ」

「何故そう言い切れる？」

「だって、シグルドってとっても澄んだ目をしているんだもの」

「…………は？」

リーファの答えに、イアンは呆れたような顔を隠しもしなかった。

「つまりは、澄んだ目をしているから君はあの男のことを信じると？」

「えぇ、そうよ」

自信満々に頷くリーファに、イアンは大きくため息をつく。

「……はぁ、君に聞いた僕が間違っていた。そう思うなら好きにすればいい。せいぜい寝首を掻かれないようにね」

話は終わったとばかりに立ち去ろうとするイアンを、リーファは慌てて引き留める。

「あ、待って」

「まだ何か？」

「えぇ、えっと……いつも、ありがとう」

例の言葉を述べると、イアンは驚いたように目を丸くした。

「……いきなりなんだい」

「ほら、私ってあなたみたいに頭を使うのが苦手だから……イアンがいつもそうやっていろいろ考えてくれるのにすごく助かってるの。だから、お礼が言いたかっただけ」

単純に剣の腕なら、リーファはイアンに負けはしない。

彼は優秀な騎士であるのだが、まだリーファに並ぶような実力者だとは言えない。

だが、彼はリーファにはない優秀な頭脳を持っている。

決してリーファには持ちえない稀有《けう》な才能だ。

いつも彼が情報を集め、的確な作戦を立ててくれるからこそ……リーファは最前線で思いっきり力を振るうことができるのだ。

そんなリーファの言葉に、イアンは気まずそうに目を逸らした。

「……たまに、君の単純さが羨ましくなるよ」

「それって褒めてる？」

「さぁね、好きに取ってもらって構わないよ」

そう言ってイアンは軽く手を振ると、リーファに背を向けて去っていった。

その背中を見送り、リーファもシグルドの元へと再び歩き出す。

……後から考えれば、あの時もっとイアンの忠告に耳を貸すべきだった。

彼が懸念した通り、リーファの信じたシグルドは敵国のスパイだったから。

◇◇◇

「……で。なんでリアナを眠らせたのよ。もしリアナに何かあったら許さないから」

とりあえずは武器をしまって座り直し、エレインはリアナを支えたまま前世の仲間――イアンに問いかける。

目の前の男の正体はわかったが、それでも彼の行動には疑義が残るのだ。

「ごくごく一般的な睡眠薬なのでご安心を。もちろん、後遺症の心配もありません。私もこんなにすぐに効くとは驚きですよ。きっと、お疲れだったのですね」

「……今日一日、私のために頑張って王都を案内してくれたのよ」

「それはそれは。美しき姉妹愛ですね」

「……茶化さないで」

ぎろりと睨みつけると、イアンはやれやれとでもいうように肩をすくめた。

「それで、わざわざ薬まで盛ってリアナを眠らせた理由は？」

「……こうして、あなたと二人きりで話す機会を作りたかっただけですよ、リーファ」

……エレインの目の前で、イアンは穏やかな笑みを浮かべている。

だが彼がただ単に昔の思い出話をしたいわけではないということは、エレインもよくわかっている。

「……どうして、私が『リーファ』だとわかったの」

「先日の婚約披露パーティーに出席された方からあなたの活躍の話を伺いまして、もしやと思ったのです。……ユーゼル・ガリアッドが気に入った相手というだけで、ただ者ではないというのはわかっていましたから」

ユーゼルの名前を聞いた途端、エレインの心に動揺が走る。

それを見透かしたかのように、イアンはすっと目を細めた。

「ユーゼル・ガリアッドの動向には以前から注意を払っていました」

「……彼に、前世の記憶はないわ」

「ええ、そのようで。ですが……まさか、何も覚えていないからすべてを許すつもりになっているのですか？」

イアンの視線が、エレインを糾弾するように鋭さを増す。

……あぁ、やはり彼もエレインと同じ思いなのだろう。

「リーファ。何故今まであの男を――裏切り者のシグルドを殺さなかったのですか」

その言葉に、エレインはぐっと拳を握りしめた。

心の内の柔《やわ》い場所を、引きずり出されている。そんな気分だ。

「どんな経緯があったのかは知りませんが、今のあなたはあの男の婚約者なのでしょう。さっさと寝所に誘い込むなりして、彼の息の根を止めるべきです」

その言葉からは、シグルドに対する深い怨恨が感じ取れた。

……エレインだけではないのだ。心優しい女王の統べる、美しい国を破壊したシグルドを恨んでいるのは。

だが、同じことはエレインとて何度も考えた。

そして、「ユーゼルを殺さない」という結論にたどり着いたのだ。

「……今のシグルド——ユーゼルは、私たちの敬愛する女王陛下——リアナの兄なのよ。ユーゼルを殺せば、リアナが悲しむわ」

「…………悲しむ？」

信じられないとでもいうように、イアンがそう呟く。

エレインが静かに頷くと、イアンは失望したとでもいうように表情を消した。

「まさか、リアナ様が悲しむのが哀れだから、ユーゼル・ガリアッドの殺害を戸惑っているとでも？

……これは驚きました。リーファ、あなたはいつからそんなに甘くなったのですか？」

「っ……私だって悩んだのよ⁉　でも、リアナに一生残る心の傷を与えるなんて——」

「心の傷ごときなんの問題があるというのです。あなたは、シグルドが我々の国にしたことを忘れたのですか？　ユーゼル・ガリアッドを野放しにしておけば、またあの時の二の舞になる可能性もある」

「っ……」

イアンの指摘に、エレインの胸がざわめく。

なんとかイアンに反論できるような言葉を探している自分に気がついて、エレインは愕然とした。

……これではまるで、エレインがユーゼルを殺したくないようではないか。

「今世であの男を見つけてからずっと、私はあの男を殺害する機会を探ってきました。しかし彼は自身も戦闘能力に長《た》けた公爵。私のような者では、うかつに近づくことすらままならない。それなのにあなたは、いつでもあの男を殺せる位置にいながら何もしない。正直理解できませんね」

エレインは俯いて黙り込む。

イアンの気持ちは痛いほどにわかる。

今世でユーゼルと再会してすぐの頃は、エレインだってなんとかしてユーゼルの息の根を止めようと目論《もくろ》んでいた。

だが今は……どうしてか、彼を殺せなくなってしまったのだ。

彼がいなくなれば、リアナが悲しむというのもある。

だが、気づいてしまった。

それ以上に……エレインの中に、ユーゼルを殺したくないという想いが芽生えているのを。

「……なるほど、あなたの方にも何やら事情がありそうですね」

逡巡《しゅんじゅん》するエレインを見て、イアンは静かにため息をついた。

「ですが、忘れないでください。あの男が、前世で私たちに何をしたのか」

「……忘れることなんて、できないわ」

むしろ、忘れられたら楽になれるかもしれないのに。

ぐっと何かを耐えるエレインに、イアンは静かに告げる。

「これは女王陛下――リアナ様のためでもあるのです。シグルドを放っておけば、またリアナ様に牙をむく可能性もある」

エレインはそっと、こちらにもたれかかるようにして穏やかな寝息を立てるリアナに視線を向けた。

彼女の安寧を守ることこそ、今世のエレインが何よりも望むことだ。

……果たしてそのためには、どうするのが最善なのだろうか。

「私の考えは変わりません。必ず、ユーゼル・ガリアッドを亡き者にしてみせる。そのためならなんだってする覚悟はあります」

エレインは正面からイアンの顔を見ることができなかった。

かつては、エレインだって彼と同じ思いを抱いていたはずなのに。

どうして今は、こんなに後ろめたく感じてしまうのだろう。

「……リーファ、率直に言えば私は喉から手が出るほど君の助力が欲しい。気が変わったら、いつでも会いに来てくれ」

そう言い残し、イアンは席を立った。

エレインはじっと俯いたまま、彼が去っていく足音を聞いていた。

（ユーゼル……）

出会ってから今日までの、ユーゼルとの時間が脳裏によぎる。

いつも飄々《ひょうひょう》とエレインを翻弄して、苛立って仕方がなかったはずなのに。

――「俺のパートナーとして大勢に君をお披露目するんだ。最高に美しい君を皆に見せたかった」

――「ようやく、形になった。今の君も眩いほど美しいが……俺の手で、更に君を彩らせてくれ」

――「誰だか知らないが、今の君は俺の婚約者なんだ。そんな男のことは忘れろ」

彼の真摯な、こちらに向ける愛情がありありと感じられる視線を思い出すたび、体が熱くなる。

シグルドとは似ても似つかない部分にまで、エレインの心は揺らめいてやまないのだ。

(私は、ユーゼルのこと……)

彼の前世であるシグルドのことが、好きだったと気づいたばかりだ。

では、今世のユーゼルは？

彼を前にすると胸が熱くなるのは、無意識に彼の中にシグルドの面影を探しているからだろうか。

いや、それとも――。

「ん、ん～……」

その時、すぐ傍から可愛らしい声が聞こえて、思考の海に沈んでいたエレインははっと我に返る。

見れば、リアナがぱちぱちと瞬《まばた》きしながら、眠たげに目を開いていた。

「あれ、わたくし……」

「リアナ……よかった、目が覚めたのね！」

「お姉様……？　あれ、ここって、大神殿……っ！」

眠りにつく前の状況を思い出したのだろうか、リアナは慌てたように息をのむ。

「わ、わたくし……イアン様とお会いしている最中に眠って……!?」

「……一日中お出掛けしていたんですもの。疲れていたのよ。イアン様もわかってくださったわ」

イアンが睡眠薬を盛った、という部分は伏せて、エレインはそう声をかけた。

リアナは両頬に手を当て、「はぅ……」と恥じらっている。

「あぁ、イアン様にはしたない面を見られてしまいました……」

（リアナ……本当にイアンのことが好きなのね……）

……なんとなく、素直に応援できる気がしなかった。

前世のイアンは、少し気難しい面もあるが誠実な好青年だった。

リーファも彼のことを深く信頼していたものだ。

だが、今は……。

（守るべきリアナのことまでこんな風に利用しようとするなんて……）

ユーゼル――シグルドへの憎しみが、彼を変えてしまったのだろうか。

イアンは「リアナのためにもユーゼルを葬りたい」と口にしていた。

だが、躊躇なくリアナに睡眠薬を盛ったという行動から見ても……復讐に囚《とら》われすぎているように見えてならない。本当にリアナを大切にできるかどうかには疑問が残る。

「……イアン様は仕事に戻られたわ。私たちも公爵邸に戻りましょう」

「そ、そうですね……」

とりあえずは、リアナを無事に公爵邸に帰さなくては。

まだふらふらした足取りのリアナを連れ、エレインは大神殿を後にする。

馬車の中で再び眠ってしまったリアナを支えながら、エレインはそっとため息を零した。

シグルド、ユーゼル、女王陛下、リアナ、イアン……。

前世と今世で再び巡り合った者たちの姿が、脳裏に浮かんでは消えていく。

(私が、今一番なすべきことは何……?)

そもそも自分は、「リーファ」と「エレイン」のどちらなのだろう。

そっと胸に手を当てて、自身の記憶を反芻する。

前世の記憶も、今世の記憶も、エレインの胸にしっかりと息づいている。

優劣をつけることなどできはしない。

どちらも、大切な思い出なのだ。

だからこそ——。

(今世の平穏を選んで、前世の無念を飲み込むべきか。前世の復讐を遂げるために、イアンと手を組んで今の安寧を壊すか……)

どちらも、選べはしない。

「リアナが悲しむからユーゼルを殺せない」

今思えば、その選択自体も単なる逃げだったのかもしれない。

(私は、ユーゼルを恨んでいるはずなのに……)

なのにどうして、彼を殺すことを考えるとこんなに苦しいのだろう。
答えの出ない問答を続けながら、エレインはぎゅっと唇を噛みしめた。

第五章

――「……リーファ、率直に言えば私は喉から手が出るほど君の助力が欲しい。気が変わったら、いつでも会いに来てくれ」


リアナと共に神殿を訪れ、前世の仲間であるイアンと再会してから数日。

エレインは前以上にぼんやりすることが多くなった。

ふとした瞬間に、前世のことを考えてしまう。

時の流れの彼方《かなた》に過ぎ去った、もう戻れない日々。

大切な故郷、大切な主、大切な仲間。

あの輝かしい日々を奪い去ったシグルドを許すことはできない。

だからといって……何も覚えていないユーゼルを亡き者にすることが正しいのだろうか。

もし前世の敵として彼を討ち果たしたとして……いったい、なんになるのだろうか。

(私自身や、皆の無念が晴らせる。でも……失うものも多い)

大好きな兄を奪ったエレインとイアンのことを、リアナは決して許しはしないだろう。

彼女の心に深い傷を残し、一生……もしかしたら今のエレインのように、生まれ変わっても恨まれるかもしれない。

それに、ユーゼルを殺してしまえばもう二度と彼に会えなくなる。

あの飄々とした笑顔も、こちらを翻弄するような態度も、時折……まっすぐに向けられる熱い想いも。

何もかもが消えてしまうのだ。

「っ……！」

そう考えると、どうにもやるせない思いに駆られてしまう。

それ以上のことを考えたくなくて、エレインは無意識に思考をストップさせた。

（私も……平和ボケしてるのかしら）

イアンの糾弾するような視線が脳裏によぎる。

彼は、少し前のエレインと同じように復讐だけを考えているのだ。

彼に同調するべきなのか、それとも――。

「……エレイン様、失礼いたします」

自室でぼんやりしていると背後から侍女に声をかけられ、エレインははっと我に返る。

「あら、どうしたの？」

「ユーゼル様がお見えです。エレイン様にお話があると」

（ユーゼルが……？）

――「誰だか知らないが、今の君は俺の婚約者なんだ。そんな男のことは忘れろ」

あの日以来、エレインはユーゼルと直接顔を合わせていない。

エレインはユーゼルに近づこうとはしなかったし、ユーゼルの方も……明らかにエレインを避けていた。

そんな彼が、いったい何をしに来たのだろう。

(……思ったのとは違うけど、婚約を破棄されるのかしら)

この間の一件で、やっとエレインに愛想が尽きたのかもしれない。

少し距離を置いてみて、エレインなど必要ないと判断したのかもしれない。

「あの……具合が悪いようでしたら、ご遠慮いただくようユーゼル様に申し上げますが――」

遠慮がちにそう言われ、エレインははっとした。

侍女に心配されるほど、ひどい顔をしていたのかもしれない。

エレインは慌てて笑顔を作り、口を開く。

「いいえ、ユーゼル様にお会いしたいわ。お通ししてもらえるかしら」

「……承知いたしました」

侍女はこちらに心配そうな目を向けたが、エレインの意志が変わらないことを察したのだろう。

一礼して、ユーゼルを招き入れるために背を向けた。

(……逃げるなんて、かっこ悪いしね)

騎士として生きた前世の名残だろうか。

どうしても、敵前逃亡には抵抗感があるのだ。

そんなエレインの意地のもと、部屋に通されたユーゼルが姿を現す。

彼が何事か侍女に声をかけると、彼女は一礼して部屋を出ていった。

……ユーゼルの方には、エレインと二人きりで話したいことがあるようだ。

「……どうぞ、おかけになってください」

傍らの椅子を勧めると、ユーゼルは無言で腰を下ろす。

エレインも向かいの席に座り、そっとユーゼルを見つめる。

その途端思いっきり視線が合ってしまい、エレインは思わず息をのんだ。

……だが、動揺したのはエレインだけではなかったようだ。

いつも余裕な態度を崩さないユーゼルが、何故か気まずそうに視線を逸らしたのだ。

「……？」

彼がこのように言いよどむなんて珍しい。明日は季節外れの雪でも降るのだろうか。

思わずそんなことを考えていると、ユーゼルはわざとらしく咳払いをした後、ゆっくりと口を開いた。

「あー……リアナと王都巡りに出掛けたようだな」

「……あなたの許可が必要でしたか？　それは失礼いたしました」

「いや、そうじゃない」

てっきりリアナを連れ回した（実際はリアナの方から誘われたのだが）ことを咎められるのかと思いきや、そこは問題ではないようだ。

だとすると、イアンと接触したことだろうか。

イアンが前世の記憶持ちだということは、イアン自身とエレインしか知らないはずだ。

だが、そうでなくとも彼は、ユーゼルの愛する妹であるリアナの周りをうろつく怪しい神官。

ユーゼルがイアンの存在を認知していないとは思えないし、警戒する理由は十二分にある。

何故リアナとイアンが会うのを止めなかったのか、彼と何を話したかなど、強く詰問されるのだろうとエレインは身構えたが——。

「……楽しかったか？」

「え？」

想定外の言葉に、エレインは呆気に取られてしまった。

「あの、楽しかったか……とは？」

「そのままの意味だが」

そう口にしたユーゼルは何故か不服そうな顔をしていた。

というよりも……。

（……ん？　なんか、拗《す》ねてる？）

何故だか、エレインにはそう思えてならなかった。

「そりゃあ……楽しいですよ。だって、リアナと一日中お出掛けできたんですもの」

嘘をつく理由もないので素直にそう答えると、ユーゼルはあからさまにむっとしたような顔をした。

「なんですか、私がリアナと出掛けたのに文句でも？」

「当たり前だろう」

「もしかして……羨ましいとか？」

まさかと思いながらもそう口にすると、ユーゼルはあからさまに視線を逸らした。

……なるほど、どうやらそういうことらしい。

（思った以上のシスコンね……）

大切なリアナが自分ではなくエレインと出掛けたことが気に入らなかったようだ。

呆れるあまり乾いた笑いが漏れそうになってしまう。

「まったく……そんなに羨ましいならあなたも誘えばいいじゃないですか」

「誘ったとして、受けてくれるのか」

「んん……？」

いったい妹を誘うのに何を躊躇しているのか。

本当に、今も昔もこの男は不可解だ。

よくわからないが、ユーゼルの誘いをリアナが断るとは思えない。

エレインは軽い気持ちで口を開く。

「そりゃあ、受けるに決まっているじゃないですか」

「本当か⁉」

「ひゃっ！」

急にユーゼルが食い気味に体を乗り出したので、エレインは変な声を上げてしまった。

「そうか……！　なら、次の休養日は空いているか？　できれば丸一日、君の時間が欲しい」

「え？　……誰に言ってるんですか？」

「君以外にいないだろう」

「…………え？」

そこで初めて、エレインは自分が大きな思い違いをしていることに気がついた。

もしかしなくても、ユーゼルが誘いたかったのはリアナではなく――。

「私⁉」

「だからそう言っているだろう」

「なんで私なんですか！　あなたはリアナと出掛けたいんじゃ⁉」

「リアナと俺は生まれた時からここに住んでいる。今更、あらたまって出掛ける用事もそうはない」

「っ……！」

やっと合点がいったエレインは、思わず顔を隠すように俯いてしまった。

頬が、耳が熱くなっているのがわかる。

ユーゼルがあんな風に拗ねていたのは、リアナとエレインの二人だけで出掛けたのに嫉妬していたのは……まさか自分もエレインと出掛けたかったからなどと言うのだろうか。

「な、な……なら、普通に言えばいいじゃないですか！　何ちょっと緊張気味にもったいぶって誘おうとしてるんですか！」

「仕方ないだろう。……俺だって、意中の相手にあんなことをした後に、素知らぬ顔で声をかけられるほど図太くはない」

「ぁ……」

――「……すぐに忘れさせてやる」

うっかり「シグルド」の名を出したら、いつになく強引にユーゼルに迫られたことを思い出す。あれ以来エレインはどんな顔をしてユーゼルに会えばいいのかわからなかったが、どうやらそれはユーゼルも同じだったようだ。

「『君の気持ちがこちらへ向くまでは手を出すつもりはない』――嫉妬に駆られ、その誓いを破るところだった。君を怯えさせもした。だから……君に会うのを自制していたんだ」

「……別に、怯えてませんけど」

精一杯の虚勢を張ってそう告げると、ユーゼルはくすりと笑った。

「そうか？　あの時の君は、それこそ震える子猫のようだったが」

「一度視力検査に行くことをお勧めしますわ。ガリアッド公爵ともあろう方が、そんな節穴のような目では困るでしょう」

「まったく、手厳しいな。だがそれがいい」

「もぉ……」

やっと普段の調子を取り戻したユーゼルに、エレインは知らず知らずのうちに気分が高揚し始めていた。

「それで、私のご機嫌取りのためにデートのお誘いですか?」

少しのからかいを込めてそう問いかけると、ユーゼルはいつもの飄々とした笑みを浮かべた。

「いや、ご機嫌取りというよりも……リアナが君とデートをしたというのに、婚約者の俺がしていないのはおかしいだろう。今回はリアナに先を越されてしまったが、いつだって君の一番は俺でありたいんだ」

その不遜な態度に、エレインはずっと曇っていた気分が晴れていくのを気づかずにはいられなかった。

(私に、飽きたり愛想を尽かしたわけじゃなかったんだ……)

そう思うと、何故かめきめきと意欲が湧いてくる。

ユーゼルは前世の宿敵なのに。絶対に許せない相手なのに。

それでも……自分の心に嘘はつけない。

「いいですよ。あなたとのデートに付き合って差し上げても。ただし……私を退屈させたら許しませんから」

挑戦的にそう告げると、ユーゼルは愉快でたまらないというように、にやりと笑った。

「あぁ、任せてくれ。間違いなく君の人生で最高の一日にしてみせるさ」

(ものすごい自信ね……)

この部屋に足を踏み入れた時にはどことなく昏《くら》い目をしていたユーゼルだが、今はいつもの余裕に満ちた態度が戻ってきている。

それが嬉しくて、自分でも驚くほど心が弾んで、エレインは知らず知らずのうちに心からの笑みを浮かべていた。

（そうね……せっかくユーゼルが誘ってくれたんだもの。今度のデートは、楽しまなくちゃ）

ほんの少し前まで、あれほどくどくどと悩んで沈み込んでいたのが嘘のようだ。

何がきっかけになったのかは自分でもよくわからないが、人の心というのは案外単純にできているのかもしれない。

「ドレスはどの色にいたしましょうか……」

「屋外でも屋内でも最高に映えるものを選ぶのよ」

「ヘアアレンジはどのようになさいます？」

「外出時間が長いから、万が一にも崩れないようなもので――」

ユーゼルとのデートが決まって以来、エレインのお付きの侍女たちはずっと大騒ぎだった。

やれドレスはどうする宝石はどうすると、何日もお祭り騒ぎを続けているのだ。

後から知ったのだが、どうやら彼女たちは少し前までのユーゼルとエレインの間に流れる微妙な空気に気づいていたようで、「せっかく仲直りできたのだから最高のデートにして差し上げなくては！」と熱が入っていたようだ。

あまりの張り切りっぷりに、張本人であるエレインの方が若干引いてしまうほどである。

「別に、そこまで気合を入れなくてもいいわ。舞踏会に行くんじゃないんだもの。もっと力を抜いて――」

そう口にした途端、侍女たちが一斉にこちらを振り返り、エレインはびくりと肩を跳ねさせた。

「何を仰るのですかエレイン様！　記念すべきユーゼル様と奥様の初デートなんですよ!?」

「一点の曇りがあってもいけません！」

「すべてを最上級に準備しなくては！」

「エレイン様を最高に美しく仕上げるのが私たちの使命なのですから！」

「そ、そう……」

一気に詰め寄られて、エレインはただ頷くことしかできなかった。

（なんて大げさな……）

まるで今度のデートが世界の命運を握るというくらいの熱量である。

……たとえエレインが今度のデートで失望されたとしても、彼女たちがそれで立場を失うとは思えない。

ただエレイン一人が放逐されて終わるだけだろう。

だがそれでも、彼女たちはエレインのために力を尽くしてくれているのだ。

（昔の私と、同じなのかしら……）

女王に忠誠を誓い、信頼する仲間たちと共に戦場を駆けた日々。

自分の持ちうるすべてを、大切な人のために捧げること。

それが人生のすべてだとは言わないが……充実した日々だったのは確かだ。

剣を手に戦場を駆けたリーファとは違うけど、彼女たちもドレスや宝飾品や化粧道具を手に、ここで戦っている。

今のこの場は、彼女たちにとっての戦場なのかもしれない。

（……だったら、私がいらない口出しをするのは彼女たちの矜持を傷つけることになるわね）

料理人も、庭師も、皆それぞれの場所で己の職務を全うしている。

剣を手に戦うことだけがすべてじゃない。

前世に比べればずいぶんと平和になった世界は刺激がなくて退屈だと思っていたけど、そう考えるとまるで輝いて見えるような気がした。

（……今の私には、何ができるのかしら）

昔のように騎士として生きるか、それとも貴族令嬢として淑やかに生きるのか。

前世の仇討《かたき》ちにすべてを捧げるのか、それとも新しい道を切り開くのか。

（……もうすぐ、わかりそうな気がする）

デートの日はまだ少し先だ。

だが無性にユーゼルに会いたい。

あの余裕に満ちた笑顔を見せてほしい。互いに挑発し合うような会話を交わしたい。

そんな自分の変化に気づいてしまい、エレインは一人静かに頬を染めた。

◇◇◇

前世で女王の騎士として人生を捧げていたリーファは、もちろん色恋に現を抜かす暇などなかった。

言い寄ってくる者がいなかったと言えば嘘になるが、しつこく迫ってきた貴族の一人を公衆の面前で噴水に投げ飛ばしてからは、そんな無謀な者もいなくなった。

もちろん同僚の騎士には同年代の男性も多かったが、彼らはリーファのことを一人の女性というよりも、「やたらと強い尊敬すべき女ゴリラ」のように扱っていた。

その扱いが不服だったわけではない。むしろ変に気を遣われず有難かったくらいだ。

そんな境遇だったので、結局リーファはシグルドへの淡い初恋に気づくこともなく命を散らした。

のだが……思い返せば、彼との甘酸っぱい思い出がなかったわけではないのだ。

そう、あれは……あまり大勢での交流を好まないシグルドと一対一で飲んだ帰りだったか。

シグルドはどれだけ酒を飲んでも顔色一つ変えない男だった。

そんな彼の普段とは違う面を見たくて、リーファはじゃんじゃんシグルドに酒を飲ませていた。

もちろん、シグルドだけに飲ませるわけにはいかないので自分でもどんどんとグラスを呷《あお》った。

リーファも比較的酒には強い方ではあるが、当然シグルドよりずっと早く限界を迎えてしまう。

「……おい、飲みすぎだ。いい加減に帰るぞ」

不機嫌そうにそう告げたシグルドに腕を引っ張られ店を後にした時には、既にふらふらになっていた。

「あれ〜、月が三つもあるわ……」

「しっかりしろ、いつも通り一つしかないぞ」

赤ら顔でふらふらと歩みを進めるリーファを、シグルドは呆れたような目で見ていた。

結局シグルドの顔色を変えることはできなかったが、酔っ払ったリーファはこの上なく上機嫌だった。

ふらふらと気の向くままに、明るい通りへと足を踏み入れようとしたが——。

「おい、待て」

ぐい、と背後から腕を引っ張られ、思わずふらついてしまう。

シグルドは危なげなく、ふらついたリーファを支えてくれた。

「……宮殿はそっちじゃない。帰るぞ」

「やだ、まだ遊ぶの！　あっちの方は楽しそう!!」

そう言って明るい通りを指したリーファに、シグルドは呆れたようにため息をついた。

「……あっちは歓楽街だ。用はないだろう」

もちろん、用はない。リーファも喧嘩の仲裁など仕事で足を踏み入れたことはあるが、私的に行こうとしたことはなかった。

だがこうもシグルドに止められると、途端に意地になってしまう。

「いいじゃない！　私も遊ぶの!!」

「まったく……」

シグルドは面倒くさそうにそう呟いた。

酔っ払いのリーファのことなど放置して、帰ってしまうだろうか。

そう考えるとほんの少しだけ寂しさが押し寄せる。

だがそのまま背を向けて帰るかと思われたシグルドは、不意にリーファの腕を掴んだ。

「うひゃ⁉」

強く腕を引かれ、建物の陰へと引っ張り込まれる。

「何すんの――っ！」

顔を上げて、思わずリーファは息をのむ。

思ったよりも間近に、シグルドの整った顔が見える。

薄暗い中でも、美しい翡翠の瞳がまっすぐにこちらを見据えているのがわかった。

「………行くな」

がっちりとリーファの腕を掴んだまま、シグルドは表情を変えることもなくそう口にする。

「君がいくら強いといっても、あそこは飢えた男が多い。普段ならともかく、馬鹿みたいに酔っ払った今の状況では危険だ」

ぼんやりとした頭では、シグルドの言葉の意味を理解するのに時間がかかった。

だが理解した瞬間、リーファの心に喜びと怒りが同時に込み上げた。

女性としてリーファの身を心配してくれたという喜び。

騎士として実力を侮られたという怒り。

二つの感情がないまぜになり、照れもあって……先に表に出てきたのは、怒りの方だった。

「ば、馬鹿にしないで……！　そこら辺の男なんて数人がかりでかかってこられても余裕よ！」

強がりではなく本心だ。実際に、素面の状態なら余裕で対処できるのは間違いないのだから。

だがそんなリーファの言葉に、シグルドは苛立ったように舌打ちした。

そして次の瞬間――。

「ひっ⁉」

両腕を摑まれ壁に押しつけられたかと思うと、首元のあたりにシグルドが顔をうずめてくる。

「ちょ、何して……っ！」

慌てて蹴り飛ばそうとしたが、体全体を使って押さえ込まれてしまう。

首筋に熱い吐息を感じた途端、ぶわりと体温が上がり力が入らなくなってしまう。

「シ、グルド……！」

そう呼びかけた声は、みっともないほど震えていた。

その声を聴いた途端、シグルドはぴたりと動きを止め……。

「酒臭い」

「なっ⁉」

「明日も仕事だろう。早く帰って寝た方がいい」

「ちょ、何……」

シグルドはあっさりリーファを解放すると、軽く手首を摑んで連行するように歩き出す。

「……なんだったの、さっきのは」

「君が慢心しているようだから身の危険をわからせてやろうと思ったが……あまりの酒臭さにその気もなくなった」

「失礼ね！　酒臭さならあなたも負けてないはずよ‼」

ぎゃあぎゃあと騒ぐリーファに、シグルドはふっと笑う。

普段は無表情な彼の、珍しい変化だった。

結局その夜、シグルドはリーファを部屋まで送り届けてくれた。

「早く寝ろ」と言われていたにもかかわらず、結局シグルドの行動に心乱されてなかなか寝付けなかったのを覚えている。

今思えば、彼はリーファが怯えたのに気がついて、「このくらいで十分だろう」と解放してくれたのだろう。

……裏切り者なら、リーファがどうなろうと放っておけばよかったのに。

あんな風に滅多に女性扱いされないリーファを一人の女性として心配し、脅しとはいえ求めるような行動をされてしまったから。

あの夜の出来事は、生まれ変わっても鮮明に記憶に焼きついている。

◇◇◇

迎えた約束の日、エレインはそわそわしながらユーゼルが迎えに来るのを待っていた。

身に纏う軽やかなシフォンドレスが、エレインが身動きするたびに優雅に揺れる。

いつも以上に念入りに手入れをされた髪は艶やかになびき、見る者は「ほぅ……」と感嘆のため息を漏らさずにはいられなかった。

鏡で自身の姿を確認し、エレインは気恥ずかしさに頬を染めた。

(なんか……気合入りすぎじゃない?)

侍女には侍女の負けられない戦いがあるのだ……と、熱の入る彼女たちをそのままにしていたら、こんな風になってしまった。

もちろん、彼女たちの仕事ぶりは賞賛に値する。

エレインが恋い慕う相手とのデートに臨む乙女なら、泣きながら感謝をしてもおかしくはないほどに。

だが……少なくともエレインとユーゼルはそんな甘いだけの関係じゃない。

場合によっては相手の命を奪うことも厭《いと》わない、そんな殺伐とした関係なのだ(……とエレインは思っている)。

だが今の自分はどうだ。

これではどこからどう見ても、意中の相手との初デートに浮かれる乙女ではないか。

(くっ……これでユーゼルが普段通りだったらどうするのよ。絶対にからかわれるに決まってるわ……!)

「なんだ、そこまで俺とのデートを楽しみにしてくれていたのか」と余裕の笑みを浮かべるユーゼルが目に浮かぶようだ。

だがここまで来てしまったからには後戻りはできない。

「べっ、別にあなたのためにおめかししたわけじゃありませんから！　侍女が正当に仕事をする場を用意しただけです！」などと頭の中で言い訳をする練習をしていると、もったいつけるように扉を叩く音が聞こえた。

「きゃあ！　ユーゼル様がいらっしゃったわ！」

侍女たちがいつになくはしゃいだ様子で応対する。

やはりやってきたのは、ユーゼルで間違いないようだ。

コツコツと靴音を鳴らしながら、ユーゼルがこちらへやってくる。

「っ……！」

気恥ずかしさのあまり俯いていたエレインだったが、意を決して顔を上げる。

そしてそのまま、あんぐりと口を開けてしまった。

「待たせてすまなかった。今日の君はいつにも増して美しいな。美の女神も今の君を見れば裸足で逃げ出すに違いない」

なんて甘いセリフを吐きながら、こちらに花束を差し出すユーゼル・ガリアッドは……明らかに普段とは違った。

元々、ユーゼルは「公爵」という立場にふさわしい品位を感じさせる装いを崩さない人間ではあったが、過度に着飾るような趣味はないようだった。

身に纏う衣装は品があれど、どちらかというと地味なものが多く、派手な装いはあまり好きではないようだった。

この前の婚約披露パーティーでも、エレインのドレスや宝飾品への手のかかり方に比べると、彼自身の装いはむしろ落ち着いた方だったのに。

それでもユーゼル・ガリアッドという人間がその場にいるだけで、その圧倒的な存在感に否応なしに人々の視線を引きつけてやまないのだ。

そのため、わざわざ着飾って注目を集める必要性を感じていないのかもしれない。

だが今の彼は、なんというか……いつも以上に気合が入っているように思えてならないのだ。

身に纏う美しい絹のシャツの首元には、豪華な装飾が施された金細工の襟ピンが華やかに彩られている。

羽織っているベルベット生地のコートの裾や袖口には、金糸で織り成された美しい刺繡が施されている。ガリアッド公爵家の華やかさと高貴さを象徴しているようでもあった。

全体的に、いつもよりも派手なのだ。

もしもなんの脈絡もなく今日のユーゼルが目の前に現れたら、「いったいどうしたんです!?」と度肝を抜かれるくらいには。

「なんというか……いつもと雰囲気違いません？」

思わずそう問いかけると、ユーゼルは嬉しそうに笑う。

「他でもない君とのデートだからな。隣を歩く君に恥ずかしい思いをさせるわけにはいかないだろう」

……なるほど。つまりはユーゼルなりに、今日のデートを意識してビシッときめてきてくれたということなのだろう。

どれだけ今日のデートを楽しみにしていたのか。

心なしか彼の周囲に流れる空気も、どこか浮かれているように感じられてならない。

(気合入りすぎでしょ……!)

しかしそんなことを口にすれば、自分に跳ね返ってきてしまうのは火を見るよりも明らかだ。

エレインはじわじわと体温が上がるのを感じながら、ユーゼルが差し出した花束を受け取る。

……駄目だ、落ち着かない。この男はいつもエレインの心をかき乱すのだが、今日の彼は視界に入るだけでなんとなく落ち着かないのだ。

「……私は、普段のあなたの方が好きですけど」

思わず口から漏れてしまった言葉に、エレインははっとする。

目の前のユーゼルも、驚いたように目を丸くしている。

「ちっ、違……! 今のはあくまで普段のあなたと今日の浮かれたあなたを比較しただけで、別に好きとかそういうんじゃないですから!」

慌てて弁解したが、ユーゼルは今までになく幸せそうな笑みを浮かべてとんでもないことを言い出した。

「あぁ、よくわかっている。熱烈な愛の言葉をありがとう」

「わかってないじゃないですか！」

あぁもう、調子が狂う。

だが、不思議と嫌じゃない。

今世で初めて出会った時は、あれほど殺意に満ち溢れていたというのに。

「それじゃあ、行こうか」

ユーゼルが女性をとろけさせそうな笑みを浮かべて、エレインへ手を差し伸べる。

「……はい」

つられるように緩みそうになる表情を引きしめながら、エレインはそっと彼の手を取った。


「リアナとはまず美術館へ向かったそうだな」

馬車に乗り込むと、ユーゼルは開口一番そんなことを言い出した。

……いくら婚約者と妹とはいえ、逐一行動を把握しているのはどうなのだろうか。

監視でもされていたのかと疑心暗鬼になり、エレインは渋い顔をする。

「……なんで知ってるんですか。怖いんですけど」

「そう邪推するな。リアナに聞いただけだ。快く教えてくれたぞ」

エレインにストーカー疑惑をかけられたことを知ってか知らずか、ユーゼルは涼しい顔でそう口にした。

「君の目から見てどうだった、王立美術館は」

「……やはり大国というべきか、幅広い芸術作品が揃っていて感銘を受けましたわ。一般の方々にも広く開放されておりまして、ブリガンディア王国の豊かさが窺えるようです」

エレインは教科書通りの回答を述べた。

理想の淑女として育てられたエレインは、当然芸術方面の教養も身につけている。

だから美術館に収められた作品がどういう観点から評価されているのかも、きちんと理解をしていた。

……あくまで、知識としては。

(あんまり芸術については聞かないでほしいわ。ボロが出そうだから……!)

知識として理解していても、感性だけはどうにもならない。

エレインの前世――リーファは、頭より体を動かす方が断然得意だった。

今世は貴族令嬢として生まれ、多少は頭を働かすことも覚えたのだが……やはり、武人としての感性はなかなか抜けきらないのだ。

リアナが「この絵画は未来への希望と不安を抽象的に描いた大作で、このあたりの色合いは新たな一歩を踏み出すことへの戸惑いを表していて――」と熱心に解説してくれた作品も、エレインにはただ適当に絵の具を塗りたくったようにしか見えなかった。

リアナと一緒の時は知っているような体で頷いていればなんとかなったが、ユーゼル相手だとボロが出てしまうかもしれない。

早くも冷や汗をかき始めたエレインに、ユーゼルはふっと笑う。

「そうか、それはよかった。だが今日は別の場所へご案内しよう」

「別の場所、ですか……？」

てっきりリアナに対抗するように再び芸術の蘊蓄《うんちく》を聞かされるのかと思っていたが、そうではないようだ。

「まぁ、着いてからのお楽しみだ。存分に期待しているといい」

ユーゼルはそう言って、得意げに笑う。

……いったいこれからどこへ連れていかれるというのだろうか。

（うっ、あんまり芸術的感性が求められる場所じゃないといいんだけど……）

……なんて不安はおくびにも出さず、エレインは「ふふ、あなたに私を楽しませることができるかしら」と挑戦的な笑みを浮かべるのだった。


「ここ、ですか？」

たどり着いたのは、古めかしい要塞のような建物の前だった。

周囲に人はまばらで、どこか静謐《せいひつ》な空気すら感じさせる。

リアナと共に訪れた美術館はかつて王族が所有していた離宮を改修したもので、その華やかさに惹きつけられるように多くの人で溢れ返っていた。

それに比べると、雲泥の差である。

「あぁ、君ならきっと気に入るだろう」

ユーゼルは愉快そうな笑みを浮かべて、エレインを馬車の外へと誘った。

寄り添うようにして歩みを進める二人を、時折通りがかる人が不思議そうに眺めている。

どうやら今から向かう場所は、着飾った貴族の男女がデートで訪れるような場所ではないようなのだ。

（私、浮いてないかしら……）

なんとなくそわそわしながらも、エレインはユーゼルにエスコートされながら歩を進める。

やがて建物の入り口にたどり着き、エレインは掲げられた看板を見上げた。

――ブリガンディア戦史資料館。

確かにそこには、そう記されていた。

「……あまり、デートにお誂《あつら》え向きの場所だとは思えませんね」

皮肉を込めてそう口にすると、ユーゼルは嬉しそうに口角を上げた。

「確かに、あまり一般的な貴族令嬢が好む場所ではないだろうな。だが」

ユーゼルの瞳が、まっすぐにこちらに向けられている。

美しいドレスに身を包んだエレインの、その内に宿る苛烈な魂を見極めようとでもいうかのように。

「君なら、きっと気に入るはずだ」

その言葉に、エレインは思わずどきりとしてしまった。

……何故だろう。今の言葉が……まるで、「ユーゼル」ではなく「シグルド」がそう言ったように聞こえてしまったのは。

（き、気のせいよ……。どうせユーゼルは、私の意表をつこうとしてこの場所を選んだに違いないわ……！）

ユーゼルはエレインに騎士として生きた前世があることを知らない。

今のエレインのことだって、「何故か剣の扱いに長けた貴族令嬢」としか思っていないはずなのに。

ならばどうして、この場所に連れてきたのだろう。

（まさか、私の前世に感づいて……それとも、シグルドの記憶が蘇ったの……？）

エレインはじっとユーゼルを見つめたが、彼は相も変わらず余裕に満ちた笑みを浮かべている。

……ここで余計なことを口にすれば、また前のように彼との関係が拗《こじ》れてしまうかもしれない。

そんな懸念が頭をよぎり、エレインは喉まで出かかった言葉を再び飲み込んだ。

その代わりに、とびっきり魅力的に見えるような笑顔を作ってみせる。

「ふふ、なら精一杯楽しませてくださいな」

……焦ることはない。今日は一日彼と行動を共にするのだ。

いったいユーゼルが何を考えているのか、見定める時間はたっぷり残されている。

思った通り、戦史資料館は閑散としていた。

「集客よりも資料保全に重きを置いた施設だからな。このくらいでいいんだ」

た。


「そうなのですね……」

訪れているのは暇を持て余した老人や真面目な学生と思わしき者ばかり。

舞踏会や観劇に行くような、着飾った二人は明らかに浮いていた。

来る場所を間違えているのでは……という視線が突き刺さり、肌がチクチクするような気すらした。

「……ものすごく見られてますよ、私たち」

「そうか？　俺は気にしない」

（まったくもう……）

少しは人の目を気にしたりはしないのだろうか。

（いや……ユーゼルにそんな繊細な神経があったら、婚約破棄されたばかりの小国の伯爵令嬢……それも酔っ払いをぶちのめした私に即座に求婚して、半ば無理やり連れてきたりしないわね……）

思えば最初から、彼の行動は他者の評価を気にしているようには見えなかった。

自分の生きたいように生きたうえで、しっかりとガリアッド公爵位を賜った者として周囲に認められている。

……そんなユーゼルを、少しだけ眩しく思った。

（……過去に囚われてばかりの私とは、大違いだわ）

なんとなく気分が沈みそうになって、エレインは慌てて展示物へと意識を集中させた。

ブリガンディア王国の成り立ちについて、戦いの歴史を中心に詳細に記してある。

（へぇ、昔からこんな大国だったわけじゃないのね。戦いを繰り返し、周囲の国を吸収し、だんだんと今の形になっていった、か……）

ちょうど今エレインが見ているのは、とある戦いの略図だ。

川を挟むようにして睨み合う二つの軍。

一手誤れば、全滅の危険もある状態。

どこか懐かしさを覚えながら展示を眺めていると、ユーゼルがそっと声をかけてくる。

「ずいぶんと真剣だな。……さて、もしも君が指揮官だとして、この状況でどう動く？」

試す……というには楽しそうに、ユーゼルはそう問いかけてくる。

どう考えても、蝶よ花よと育てられた貴族令嬢にする質問ではないだろうに。

「……私の知識を試してます？　残念ながら、この後どうなったかは存じませんわ。扱いからして、ブリガンディア王国が勝利を収めたというのは想像できますが」

「別に、君とクイズ大会がしたいわけじゃない。ただ……この状況、君の采配がどう振るわれるのか気になっただけだ」

「へぇ……」

挑戦的に笑うユーゼルに、エレインの内側に闘争心が湧き起こる。

「わたくし、か弱い淑女なので戦いの作法は存じませんわ……」とわざとらしく演技をして、この場を切り抜けることもできるだろう。

だが、エレインはそうしなかった。

「そうですね……」

先ほどよりも真剣に、周辺の地形図に視線をやる。

「少し離れたところに森が、更に敵軍の背後には崖があります。うまく森を通って崖の上に陣取ることができれば、上から丸太や岩などをぶつけて奇襲をかけることも可能かと。敵軍が混乱している間に挟み撃ちにすれば戦況をより有利に進めることができるでしょう。もちろん、事前に索敵を行い、場の状況や敵軍の伏兵や罠などがないことを確認するべきですが……」

くるりとユーゼルの方を振り返り、エレインは挑戦的な笑みを浮かべる。

「リスクも多いですが、その分リターンには期待できるかと」

きっとエレインの前世――リーファならそうしただろう。

そして、シグルドならきっと賛成してくれた。

だが、今世のユーゼルはどうだろうか……？

貴族令嬢として生まれ育ったくせに野蛮なことばかり考えていると呆れてはいないだろうか。

そんな思いに駆られながら、エレインはおずおずとユーゼルの様子を窺う。

（あれ……？）

予想外の反応にエレインは驚いた。

じっとこちらを見つめるユーゼルは、感心したように目を丸くしていたのだ。

「なるほど。君の意見は参考になるな」

ユーゼルは存外優しくそう告げる。

「この時代に君が生きていれば、国一番の指揮官になっていたかもしれない」

「……結局、この戦いの結末はどうなったのです？」

「大雨からの土砂崩れで、敵軍は総崩れになった。ほとんど戦わずしての勝利だ」

「それは予想できませんでしたわ……」

なんだか真剣に考えてしまった自分が恥ずかしくなり、エレインは口を尖《とが》らせる。

そんなエレインに、ユーゼルは嬉しそうに囁いた。

「君とこのような話ができるのは喜ばしいな」

「……貴族令嬢には不要な知識かと思いますが」

「周りがどうだろうが関係ない。俺は嬉しい、ただそれだけだ」

「っ……」

胸の奥底から熱いものが込み上がってきて、エレインは慌ててユーゼルに顔を見られないように俯いた。

……ずっと、無理をしてきたのだ。

リーファという戦うことしか知らない人間の魂を、エレイン・フェレルという淑女の型に収めようと自分を殺してきた。

誰にも理解されないと思っていた。理解を求めたことすらなかった。

どこに行っても自分は場違いなのだと、この世界に自分の居場所などないとすら思っていた。

でも……。

（もしかしたら、ここにあったのかもしれない）

彼は前世の宿敵で、許せない相手で、今世の婚約者で、無性に気に入らない相手で……。

（彼ならば……いいえ、きっと彼だけが私をわかってくれる。受け入れてくれる）

そんな、唯一の人なのかもしれない。

意を決して顔を上げ、エレインはまっすぐにユーゼルを見つめる。

こちらに向けられた彼の視線には、はっきりと愛情を感じられた。

その優しい表情は、シグルドとは似ても似つかない。

だがそれでも……エレインの心を震わせてやまないのだ。


意外なことにその後のデートコースは、ショッピングにオペラ鑑賞に……と、ごく普通のものだった。

高級レストランで早めの夕食を取りながら、エレインはからかうように正面の席に座るユーゼルへ声をかける。

「最初はどうなることかと思いましたが、あなたも一般的なデートコースをご存じだったのですね。てっきりとんでもないところに連れていかれるかと」

「期待に沿えなかったのならすまなかった。次はもっとスリリングなデートを楽しみにしていてくれ」

「……もぉ」

ユーゼルの口から「次」という言葉が出てきたことに動揺し、うまい返しができなかった。

……彼は、エレインとの未来をきちんと考えてくれているのだ。

そう思うと胸が熱くなって、うまく言葉が出てこなくて……仕方なく、エレインは呆れた振りをして目の前の料理に視線を落とした。

目に飛び込んでくるのは、真鯛《まだい》のアクアパッツァ。ユーゼルがわざわざ「ここの魚料理は絶品だ」と紹介してくれたのは、この国に来てすぐの頃、エレインが「こんな泥臭い魚なんて食べられませんわ！」と暴れたことへの意趣返しなのかもしれない。

傷一つない真っ白な陶器の皿に、真鯛の鮮やかなピンク色が映えている。

真鯛を取り囲むように添えられたトマトやパセリも美しいアクセントとなり、まるで一枚の皿というキャンバスに描かれたアート作品のようだった。

(ふふ、ちょっとは私の感性も磨かれてきたのかしら)

次にリアナと美術館に行った時は、もっとまともなことが言えるかもしれない。

そんなことを考えながら、真鯛の身を切り分け口へと運ぶ。

ふんわりと柔らかく、口の中でほろほろと溶けていくのがたまらない。

オリーブオイルやハーブの豊かな風味が、なんとも言えない爽やかさを運んでくるようだ。

初めて味わう料理の美味しさに、ついついエレインの気も緩んでしまう。

「お味はどうかな？」

「贅沢な味がします……」

「それはよかった」

あまり語彙力に優れているとは言えないエレインの感想にも、ユーゼルは満足げに頷いている。

……それが、嬉しい。

無理に取り繕わなくても、気を抜いていても、彼はそんなエレインを丸ごと受け入れ、包み込んでくれるような気すらした。

シグルドに似ているから、じゃない。むしろ、ユーゼルとシグルドの性格はあまり似ていない。

エレインとて、初めて会った時に剣を合わせなかったら気づくこともなかっただろう。

それなのに……どうしても、彼の一挙一動に心が揺らめいてしまう。

彼の前でだけ、理想の自分が取り繕えない。いつも、みっともない姿を見せてしまう。

(でも、それでも……ユーゼルは失望しなかった)

こんなエレインでも婚約者として望んでくれて、共に歩む未来のことを考えてくれているのだ。

(だったら、私は……)

あと少し、もう少しでわかりそうな気がする。

自分がどうするべきか……いや、どうしたいのかが。


レストランを出ると、もうすっかり日も落ちていた。

このまま公爵邸に帰るのかと思いきや、ユーゼルは「最後に君を連れていきたい場所がある」と馬車を走らせた。

たどり着いたのは、王都のランドマークともなっている巨大な時計台だ。

今まで何度か遠くから眺めたことはあったが、こうして近くでお目にかかるのは初めてである。

真下から眺めると、さすがに圧巻だ。

「すごい……」

一人感心していると、ユーゼルはくすりと笑いながら声をかけてくる。

「感動するのはまだ早いぞ。これから、上に登れば、もっと素晴らしい景色が見える」

「え？　登れるんですか⁉」

「あぁ、侯爵位以上の爵位を持つ者の許可が必要となるが」

「……ご本人とその同伴者なら、問題ないということですね」

入り口には警備の兵がいたが、ユーゼルは当然のように顔パスだった。

彼の後に続くエレインは止められるのではないかと危惧したが、警備の者はぽぉっとした表情でエレインを見つめると、何も言うことなく通してくれた。

「……今の男、君に見惚れていたな。案外俺なしでも通してくれたかもしれない。君にスパイの才能もあったとはな」

「何を馬鹿なことを。ガリアッド公爵が連れている女に変に口出しして、あなたに睨まれたくなかっただけですよ」

「どうだかな」

軽口を叩きながら、二人は時計台の内部の永遠に続くのではないかと疑うほどに長い階段を上っていく。

「足が疲れたらいつでも言ってくれ。俺が抱き上げて君を一番上まで運ぶと誓おう」

「ご心配なく。このくらいは朝飯前ですわ」

深窓の令嬢とは思えないスピードと持久力で、エレインはユーゼルを追い越しながらずんずんと目の前の階段を上っていく。

そんなエレインを見つめ、ユーゼルは愉快そうに目を細めた。

「本当に君は……俺を飽きさせないな」

その優しい眼差《まなざ》しがなんだかくすぐったくて、どうしようもなくにやけてしまいそうで……エレインは緩みそうになる表情を引きしめながら、必死に足を動かした。

巨大な時計台の最上階——鐘楼にたどり着き、エレインはふぅ……と一息つく。

「風が強いですね……」

地上よりもずっと空に近い場所だからか、強く吹きつける風が髪をなびかせる。

片手で髪を押さえるエレインに、ユーゼルは手を差し出した。

「姫君、どうぞお手を。この風であなたが飛ばされてしまっては大変です」

「……私が羽のように軽いとお思いなら、大きな間違いですわ」

そうは言いつつも、エレインは素直にユーゼルの手を取った。

なんとなく、そうしたい気分だったのだ。

鐘楼の端にはエレインの腰ほどの高さの柵が取りつけられており、その向こうには……夢のように幻想的な光景が広がっていた。

「わぁ……！」

街の灯りがまるで無数の星屑《ほしくず》のように輝き、街を美しく彩っている。

いくつもの窓辺から漏れる光――きっとその一つ一つに、それぞれの物語があるのだろう。

先日リアナと訪れた大神殿は、街の中心に力強くそびえたっている。その尖塔《せんとう》は夜空を突き抜け、星々と一体となっているかのようにも見えた。

静かに流れる運河は、月の光に照らされてまるで銀のリボンのようにきらめいている。

下町の建物は古き良き時代の面影を残し、歴史の重みを感じさせてくれる。

街の中心から少し離れた場所には、きらびやかな宮殿がそびえたっている。

今宵も宮殿の中では華やかな舞踏会が催されているのだろうか。

美しく夜空を彩る星月夜と、人々が紡いできた歴史と温かな営みを感じさせる街の灯りが合わさって……まるで宝石箱のようだった。

「……こんな光景は、初めて見ました」

心からの称賛を込めて、エレインはそう口にする。

隣に立つユーゼルは、その言葉に満足げに笑みを深めた。

「喜んでもらえたようで何よりだ。……この景色を君に見せたかった」

そう口にしたユーゼルの声は、存外真剣味を帯びていた。

エレインが驚いて彼の方へ顔を向けると、彼もこちらを見ていてばっちり視線が合う。

「過去の戦についての知見も、流行りのオペラも、我が国の誇る料理も、この美しい光景も……すべて、君と共有したかった」

ユーゼルの翡翠のような瞳が、美しくきらめいている。

どんな星々の輝きにも、負けないくらいに。

「……初めて、俺たちが出会った時のことを覚えているか」

不意に、ユーゼルがそう問いかけてきた。

……記憶を反芻するまでもなく、エレインは頷く。

「えぇ、もちろん。忘れるわけがありませんわ」

最初は、酔っ払いをぶちのめした自分に求婚するなんてとんでもない男だと思っていた。

彼の前世に気づいてからは、積もり積もった恨みを晴らそうと必死になっていた。

だが、彼と時間を過ごすうちにどんどんと自分の感情に迷いが生じていき、今は――。

「あの時の君は、まるで戦乙女のように勇ましく美しかった。一瞬で心を奪われたよ。だが――」

ユーゼルが一歩こちらへ足を踏み出し、二人の距離が縮まる。

それでもエレインは逃げずに、まっすぐに彼を見つめ返した。

「君と共に過ごすうちに、ますます君に惹かれていった。まるで底なし沼に沈んでいくようだ。

……聞いてくれ、エレイン。今は、あの時よりもずっと君を愛している」

その言葉が、エレインの胸を熱くさせる。

ユーゼルはそっとエレインの手を取り、その場に跪く。

「初めて出会った時は、どんな手を使ってでも君を手に入れたいと必死で……思えば君が反発するのも当然だ。……形だけの妻でも構わないと思っていた。君が傍にいてくれるのならそれでいいと思っていたんだ。だが……俺は思ったよりも強欲だったらしい」

そっとエレインの手の甲に口づけ、ユーゼルは恭しく告げる。

「……エレイン。あらためて、俺の妻になってほしい。ただ結婚という形をなすだけでなく、心まで君と結ばれたいんだ。どうか、俺を選んでくれ」

……いつもあれだけ余裕に満ちた男が、今は切実にエレインの愛を乞うている。

その姿は、エレインの胸を切なく締めつけた。

「……ユーゼル」

そっと名前を呼ぶと、ユーゼルが顔を上げこちらを見つめる。

「正直に言うと、私……まだ、心の整理がついていないの」

前世と今世を、完全に切り離すことができないのだ。

この先ユーゼルを愛したとしても、シグルドへの憎悪を忘れることはできないだろう。

果たしてそんな状態で、彼の隣に立つことが許されるのだろうか……。

そんな想いの籠ったエレインの言葉を、ユーゼルは少し違う意味に捉えたようだ。

「……君に、忘れられない男がいることは知っている」

あなたのことですけどね……という言葉を飲み込み、エレインは静かに続きの言葉を待った。

「正直に言うと、その男のことを考えるだけで苛ついて仕方がないが……俺は器の大きい男だ」

「自分で言います？　それ」

「だから……君の最後の男になりたい」

立ち上がったユーゼルがそっと腕を伸ばし、エレインの体を抱き寄せる。

エレインは抵抗せず、そっと彼の胸に額を押しつけた。

「君にどんな過去があっても構わない。俺が愛しているのは、今の君だ」

「っ……！」

エレインは思わず、ユーゼルの服を強く摑んでしまった。

まるで、エレインの心を……戸惑いや躊躇を見透かすように。

彼は、受け入れようとしているのだ。前世と、今世のこれまでの人生を経た……エレインという人間のすべてを。

（拒否する理由まで塞いでくるなんて、ずるい人……）

シグルドのことを忘れられない心ごと、彼はエレインを包んでくれるというのだ。

……生半可な気持ちで、返事をすることは許されない。

だからこそ、エレインは――。

「少しだけ、待ってはいただけませんか」

小さな声でそう口にすると、ユーゼルはエレインを抱きしめる力を強めた。

「君が待てと言うのなら、どれだけでも待つさ。一年でも十年でも百年でも」

「……来世でも？」

「可能ならば」

生真面目にそう答えるユーゼルがおかしくて、エレインはくすりと笑う。

何故だか、彼のことがとても愛しく感じられた。

……思えばエレインは、シグルドの面影に囚われて「ユーゼル」自身をよく見ていなかったのかもしれない。

こうしてユーゼル自身と向き合うと、今までになく様々な思いが溢れてくる。

前世でシグルドのしたことは許せない。

だが……そのことで何も覚えていないユーゼルを恨み続けるのは、間違っているのかもしれない。

いつになくすっきりと、そう考えることができた。

そっと体を離し、まっすぐにユーゼルを見つめてエレインは告げる。

「……もう少しで、心の迷いが晴れそうな気がするんです。そうしたら、先ほどの言葉にもきっとお返事ができます」

「……よい返事を期待しても？」

「どうぞ、ご自由に」

そう言って艶やかな笑みを浮かべるエレインに、ユーゼルは驚いたように目を丸くした。

だが、すぐに彼はいいことを思いついたとでもいうように、いつもの余裕の笑みを浮かべてみせた。

「それは嬉しいな。だが俺は、けっこう疑り深い男なんだ」

「……？」

「だから……君の未来を予約したい。これは、その証だ」

そんなわけのわからないことを言って、ユーゼルがそっと顔を近づけてくる。

エレインは驚いた。驚きのあまりユーゼルをひっぱたきそうになったが……反応しかけた腕をそっと抑える。

今はそういう場面ではないとわかっていたし、何よりも……エレイン自身が彼を受け入れたかったのだ。

美しい夜景を背に、二人の唇が重なる。

触れ合った箇所からユーゼルの愛情が伝わってくるようで、胸がじんわりとした幸せで満たされる。

鳥の声も、風の音も消えて……二人だけの世界に迷い込んだようだった。

やがて口づけが終わっても、エレインはぼんやりとユーゼルを見つめることしかできなかった。

そんなエレインを見て、ユーゼルは困ったように笑う。

「そんな顔をしないでくれ。……止められなくなる」

「っ……！」

もしかしたら、今の自分はとんでもなく物欲しそうな、はしたない顔をしていたのかもしれない。

真っ赤になってぱっと顔をそむけたエレインに、ユーゼルはくすりと笑って手を差し伸べた。

「君の返事が聞ける日を、楽しみにしている」

「……はい」

登ってきた時とは違いユーゼルに手を取られ、一歩一歩階段を降りていく。

ここへ来る時はどれだけ登っても終わりが来ないような気がしていたのに、彼と二人で階段を降りるのはあっという間だった。

足取りは弾むようで、少し油断すれば無意識に鼻歌でも歌ってしまいそうだった。

きっとユーゼルに負けないくらい、エレインも浮かれていたのだろう。

第六章

……前世のことで、ユーゼルを恨み続けるのはきっと間違っている。

エレインもユーゼルもリアナも、今はこうして生まれ変わって新たな生を謳歌《おうか》しているのだ。

だから、あと一つだけ懸念事項を片付けたら……きちんと、「エレイン」としてユーゼルと向き合おう。

そう決めたのはいいのだが、エレインはなかなかその懸念事項の片付けに入れないでいた。

「よろしいですか、エレイン様。アンバード公爵夫人は実にマナーに敏感な方で――」

「ラスティーユ地方の特産品はご存じですか？」

「バンディア家の当主も奥方も質素な装いを好む方ですが、彼らは王家に連なる由緒正しい家系で、決して軽んじてはならない相手でして――」

四方八方から矢継ぎ早に飛んでくる情報を、エレインは片っ端から頭に入れていく。

現在は侍女たちに囲まれて、ブリガンディア王国の社交界において必要な知識を記憶している最中だ。

国王が主催する、ブリガンディア王国最大規模の舞踏会――いわゆる宮廷舞踏会が、宮殿の改装の関係で例年よりも時期を早めて開催されることが急遽《きゅうきょ》決まったのだ。

宮廷舞踏会となれば、国中の貴族が集まる一大行事。

先の婚約披露パーティーで華々しく（？）この国での社交界デビューを果たしたエレインだが、宮廷舞踏会ともなると話は別だ。

普段は社交界に顔を出さないような……それでいて国政においても、社交界においても大きな影響力を持つような高齢の貴族も顔を出す大舞台。

ガリアッド公爵の婚約者とはいえ、新参者のエレインにとっては些細な失敗も許されないのだ。

（私の評判はユーゼルの――ひいてはガリアッド公爵家の評判にも関わってくる……。気は抜けないわね）

少し前まで「悪女の振りをしてユーゼルの評判を地の底に叩き落としてやるわ！」と息巻いていた人間と同一人物だとは思えないほど、エレインはプラスの方向に張り切っていた。

そのおかげか、膨大な情報もすいすいと頭に入っていく。

ユーゼルのため、リアナのため、そしてエレイン自身の未来のために。

そう思うと、今までになくやる気が満ち溢れてくるのだ。

「ドレスも新調しなければね。今の流行を教えてもらえる？」

「もちろんです、エレイン様！」

「ばっちりリサーチ済みですとも！」

「ですが……エレイン様なら新たな流行を作り出せるのでは？」

「そうね……あくまで伝統や流行といった基本的な部分は押さえつつ、少し独自の要素を混ぜてもいいかもしれないわ」

「はい！」

いつになく真剣なエレインの様子に、侍女たちも張り切っているようだった。

彼女たちのためにも、未来のガリアッド公爵夫人として認められたい。

これからもずっと……ここにいたい。

（まさか、こんな風に思うようになるなんて……）

そんな自分の変化を少し気恥ずかしく思いながら、エレインは人知れずはにかんだ。

◇◇◇

――宮廷舞踏会当日。

舞踏会の始まりを数時間後に控え、宮殿のエントランス前にはぽつぽつと馬車が到着し始めていた。

その中でもひときわ大きく豪奢な馬車が到着し、その場にいた者たちは息をのむ。

馬車に描かれていたのは、ガリアッド公爵家の紋だったのだ。

やがて馬車の中から、公爵家の若き当主――ユーゼル・ガリアッドが姿を現す。

彼が身に纏うのは藍色を基調とし、袖や襟元に銀糸で刺繍が施された衣装だ。

格調高くはあるが、派手ではない。むしろ公爵位につく者としてはずいぶんと抑えたものだともいえるだろう。

だが、彼の存在は否応なく人々の視線を引きつけずにはいられなかった。

その夜の化身のようなしなやかな姿に、老若男女問わずに居合わせた者たちは感嘆のため息を漏らす。

いつもは女性たちに群がられることを嫌い、さっさとその場から移動してしまうガリアッド公爵だったが、今日は違った。

彼は再び馬車の方へ向き直り、中の誰かに向かって恭しく手を差し出したのだ。

そこで、ぽぉっとその様子を眺めていた者たちは気がついた。

ほんの少し前に、ガリアッド公爵が小国の伯爵令嬢を婚約者として迎えたということに。

差し出されたガリアッド公爵の手に、馬車の中から藍色の手袋に覆われたしなやかな手が伸び、触れる。

指先から手の甲にかけては、思わず目を奪われるような緻密なレースの意匠が施され、その下に透けるように艶《なま》めかしい白肌が覗いている。

ほっそりとした手首を守るように真珠があしらわれ、そこからふわりとなびくフリルがなんとも幻想的だ。

固唾をのんで見守る者たちの前で、ガリアッド公爵に誘われるようにして、その美しい手の持ち主はゆっくりと姿を現した。

滑らかなシルクの生地が体に優しく寄り添い、女神のごとく儚《はかな》く細いシルエットを美しく際立たせている。

ドレスを彩る藍色は、星々が一面に踊る夜空のように深く、光が柔らかく吸い込まれていくようだった。

胸元や裾には銀糸で描かれた星座の模様がきらめき、無数の星が瞬くように輝いている。

まるで天上の星々が彼女に導かれて集まり、彼女自身が天空の輝きを宿す存在であるかのようにも見えた。

――月の女神が、地上に降臨した。

居合わせた者たちは、そう思わずにはいられなかったことだろう。

彼女――エレインは藍色のドレスに身を包み、まるで星々が舞う夜空に身を委ねるかのように微笑む。

その姿は誰もが心奪われる美しさであり、隣に立つガリアッド公爵との完璧な調和も相まって、天空の夫婦神がお忍びで姿を現したかのようだった。

夢見心地でぽうっと見つめる者たちに微笑みながら、二人は優雅に宮殿の中へと消えていく。

その姿が完全に見えなくなってから、我に返った人々は、今しがた目にした神々しい光景について、果たして現実なのだろうかと口々に語り合うのだった。

◇◇◇

「ふむ……反応は上々といったところかしら。地味な色合いにすることで、逆にインパクトを与えられるのね。いい勉強になったわ」

今一度自身の衣装を見下ろし、エレインは満足げに頷く。

何しろ本日は栄えある宮廷舞踏会。エレインがブリガンディア王国の宮殿に初めて足を踏み入れる日なのである。

これから「ガリアッド公爵夫人」となるのなら、本日は決して外すことのできないデビュー戦だ。出会い頭に右ストレートを叩き込む……ではないが、初対面でそれなりのインパクトを与えておきたかった。

仕立て屋や侍女と何度も相談して、誂えた本日の衣装だが……思った以上にうまくいったようだ。

「確かに、宮廷舞踏会では女性たちは鮮やかな色のドレスを身に纏うことが多いからな。暗い色を纏うことで逆に目を引くことができるのだろう」

エレインの身に纏うドレスの形や装飾は、この国の伝統や流行をふんだんに取り入れている。

だが、あえて基調となる色に関してだけ、「宮廷舞踏会に参加する女性は春に咲き誇る花のように色鮮やかな色を纏うことが多い」という不文律の逆をついてみたのだ。

これで周囲がどう思うかはわからないが……少なくとも大きなインパクトを与えられるのは間違いないだろう。

「リアナも君ほどではないが、珍しく深い青のドレスを着るそうだな」

「えぇ、わざわざ私に合わせてくださったの。なんて優しいのかしら……さすがはリアナ、私の女神……」

「……君は本当にリアナのことになると様子がおかしくなるな。相手がリアナじゃなかったら嫉妬でどうにかなっているところだ」

「あら、婚約者と妹の仲が良いのを喜ぶべきでは？」

「まぁ、そうなのかもしれないが……。俺には夜中に天井裏から忍んでくるなんて、情熱的なアプローチはしてくれないだろう」

「どど、どうしてそれを⁉」

確かにエレインは定期的に、天井裏を伝ってバレないようにリアナの私室の真上まで行き、こっそりと寝息を聞いていたりするのだが……まさかそんな奇行をユーゼルに把握されているとは。

思わず冷や汗をかくエレインに、ユーゼルは愉快そうに笑う。

「安心するといい、リアナは気づいていないだろうから」

「そ、それならよいのですけど……」

どうやらユーゼルはエレインの奇行をリアナにバラしたり、表沙汰にする気はないようだ。

エレインはほっと安堵の息を吐いた。

「なんにせよ今夜、君とリアナが宮廷の流行を塗り替えることは間違いない。次の舞踏会からは、今君が身に纏っているようなシックなドレスが大流行するだろう」

「ガリアッド公爵閣下がそう仰るのなら間違いはなさそうですね」

二人は顔を見合わせ、くすりと笑う。

エレインはまだユーゼルの求愛にはっきりとした返事をしていない。

だが、二人の間に流れる空気は……甘い恋人同士のそれに他ならなかった。

「えっと、この後は国のお偉い様を集めた会食でしたっけ」

「あぁ、どうしても宮廷舞踏会の前に君に会いたいと無理強いされてな。すまない」

「構いませんわ。これも私のお仕事ですもの」

宮廷舞踏会が始まるまでにはまだ時間がある。

本来ガリアッド公爵家はいつ到着しても最優先で通してもらえるので、リアナと共にゆっくり来ようと思っていたのだが……エレインに興味を抱いた者たちから会食に呼ばれてしまったのだ。

最初は面倒ね……と思ったのだが、すぐにエレインは考えを変えた。

一気に大人数を掌握しようとするよりも、こういった少人数の場で好印象を与えておく方がいい。

「こんな地味なドレスを着てくるなんて、なんて常識のない女だ！　さすがは田舎者！」とお怒りの方々に、完璧な淑女として応対し、微笑んでやるだけでいい。

元から完璧な装いで現れれば、どうしても彼らはエレインの一挙一動に粗探しをせずにはいられないだろう。

だが「宮廷舞踏会の常識を少々逸脱したドレス」というあからさまな突っ込みポイントを携えたエレインが現れれば、否応なしにもそこへ目が向き、他への採点は甘めになる。

更にはそこで完璧な対応をすれば……元々マイナス寄りだった印象が、ぐんぐんとプラスに転向することは間違いなし。

「完璧ね。完璧すぎて眩暈がするほどよ」

「倒れるなら俺の前で倒れてくれ。いざという時に君を抱き留めるのは俺でありたいからな」

「ふふ、ならずっと傍にいてくださいね？」

……なんて浮かれ気味に言葉を交わしながら、二人は宮殿の奥へと足を進める。

宮廷の重鎮との会食など、何も怖くはなかった。

（私はもう、何も失わない。今度こそ、大切なものを守ってみせる）

そのためなら、どんな苦境も乗り越える覚悟はできている。

何よりも、大事な人が隣にいてくれるのだから。

どんな相手にだって、負ける気はしなかった。

◇◇◇

舞踏会といえば、前世でも一度だけ舞踏会で踊ったことがあった。

「女王陛下！　私がドレスを着て舞踏会で踊るなんて……絶対に変です！」

「いいじゃない、リーファ。きっとよく似合うわ」

きっかけは、敬愛する女王が「リーファも一度くらいは護衛ではなく参加者として舞踏会に出てみたらどう？」と提案してきたことだった。

もちろんリーファは固辞した。

だが「リーファのドレス姿が見てみたい！」と女王は燃え上がってしまい、彼女の厚意を無下にすることなどできないリーファは、じりじりとドレスを片手に詰め寄る彼女に降伏することしかできなかった。

そうして女王に連れられるようにして、リーファは初めてドレスを着て舞踏会に参加させられたのだ。

女王のような可愛らしい少女ならともかく、自分のような者がドレスを着たって似合うはずがない。

戦場では常に恐れることなく果敢に戦うリーファも、この時ばかりは敵前逃亡したい思いでいっぱいだった。

「ほぉ、これはこれは……リーファ殿も年頃の女性だったのですね」

「どうです？　うちの息子があなたと同じ年頃で――」

「か、からかうのはよしてください……！」

宮殿の者たちは次々とリーファをからかいにやってくる。

中には「リーファ隊長可愛いです！」とか「結婚してください！」などと言ってくる輩もいた。

……もちろん、「私をからかうとはいい度胸ね」と制裁しておいたが。

「はぁ……」

いたたまれなさに大きなため息をつくと、くすくすと笑いながら女王が近づいてきた。

「浮かない顔ね、リーファ」

「女王陛下、やはり私のような者がこのような華やかな場所に参加するのは――」

「ほら、舞踏会に来たのなら踊らなきゃ」

「踊る⁉ そんなのできません！」

剣の扱いなら誰にも負ける気はしないが、舞踏会で踊るなんて考えたこともなかった。

今まで女王の護衛としてこの場に立ったことは何度もある。

華やかな王侯貴族が踊る様子は見てきたので、だいたい何をするのかはわかるが……まさか自分がその当事者になる日が来るとは……。

どう考えても無理だ。

ぶんぶんと首を横に振るが、女王は楽しそうに笑うだけだった。

「ならわたくしが教えてあげるわ。ほら、行きましょ」

「ちょ、女王陛下⁉」

ぐいぐいとリーファの手を引っ張るようにして、女王はリーファをダンスフロアに連れ出してしまった。

これが彼女以外の人間なら「いい加減にしろ！」とひっぱたくことができるが、何よりも大切な彼女にそんな真似ができるはずがない。

ダンスフロアにやってきた二人に、周囲の視線が集中する。

らしくもなく緊張してかちこちに固まるリーファの手を、女王は優しく取ってくれる。

「大丈夫よ、リーファ。剣を振るうあなたを見ているといつも思うの。まるで、舞っているみたいだって。だから、あなたならすぐにダンスだって様になるわ」

まるで蝶のように優雅に、リーファの敬愛する少女はステップを踏む。

つられるように、リーファも自然と体を動かしていた。

そんなリーファを見て、女王は嬉しそうに微笑む。

その笑顔こそが……リーファを強くさせるのだ。

きっと、女王たる彼女のリードがうまいのだろう。

こうして踊るのは初めてのリーファでも、難なくリズムに乗ることができる。

軽やかに、そして何より楽しそうにステップを踏む二人に、自然と周囲の視線が集中する。

一曲踊り終えた時には、リーファの気分も高揚していた。

「すごいじゃないリーファ、とっても上手よ！」

「いいえ、女王陛下のおかげです。やはり私にはこのような優雅な踊りは――」

「見て、あなたと踊りたい人が列を作っているわ」

「え!?」

振り返れば、確かに女王の言うようにリーファに熱い視線を送る者が列をなしているではないか。

いくら物珍しいからといって、こんなことがあるだろうか。

「わたくしがいつまでもあなたを独り占めしてちゃいけないわね。皆と踊ってきてちょうだい」

「ですが、女王陛下……」

「リーファ、皆あなたのことが好きなのよ。無理にとは言わないけれど、できたらその思いに応えてあげてほしいの」

……彼女にそう言われては、断ることなどできるはずがなかった。

次から次へと、リーファは居並ぶ者たちの手を取っていく。

男性も、女性もいた。老いた者も、子どももいた。

中には警護の騎士としてこの場にいるはずなのに、ちゃっかり列に並ぶ者もいた。

説教をしつつも、リーファは上機嫌で踊り続けた。

……たまには、こんな風に踊るのも悪くないと思いながら。

さて、あらかた希望者ははけただろうか……と息を吐くと、不意にこちらに向かって手が差し伸べられる。

まだいたのね……と手を取り、次に相手が誰かを確かめようと視線を上げ……リーファは固まってしまった。

「…………なんだ」

そこにいたのは、不服そうな顔をしたシグルドだった。

「え、あなたが……？」

「俺とは踊れないのか？」

「いや、そういうわけじゃないけど……あなた、あまりこういうのに興味がなさそうだったから

「……」

涼やかな容姿に加えリーファに並ぶほどの剣の腕を持つ、記憶喪失のミステリアスな騎士。

そんなシグルドは、巷の女性から密《ひそ》かに人気を博していた。

貴族の女性からも恋文が届いたり、舞踏会に誘われることもあったようだが……一度もシグルドが応じたことはなかった。

だからリーファはてっきり、彼も自分と同じようにこういった場に興味はないと思っていたのだ。

「別に興味はない」

「……じゃあ、この手は何？」

「君が剣を振るうこと以外もできるかどうか気になっただけだ」

その言い方に、リーファはカチンときてしまう。

「いいわ、見せてあげる！　あなたこそ皆の前でみっともない姿を見せないようにね！」

あっさり挑発に乗ったリーファは、シグルドの手を引きダンスフロアへと舞い戻る。

すぐに曲が始まり、二人は見よう見まねでステップを踏む。

驚いたことに、シグルドのステップは女王と同じくらいに踊りやすかった。

宮廷の優雅な踊りとは少し異なっているかもしれない。

だが、まるで剣を合わせている時のような高揚感が込み上げ、リーファの心を熱くさせる。

きっと、相性がいいのだろう。

いつの間にかリーファは夢中になっていた。

他の者たちと踊った時よりも、鼓動が高鳴り胸の奥から熱いものが込み上げる……。

「シグルド……」

自然と口から飛び出た彼の名は、いつもよりしっとりとした響きを帯びていた。

だがその声を聴いた途端、シグルドの動きがぴたりと止まる。

そして、彼は軽くリーファの足を踏んできたのだ。

「痛っ！」

「すまない」

「もう、何やってるのよ！」

ダンスの途中で文句を言い始めたリーファに、周囲は「また喧嘩しているのか」と笑った。

……とても、楽しい夜だった。

機会があればまた踊ってみたいと思わないでもなかったが、あの後すぐに周辺国との戦闘が激化し、リーファは二度とドレスを身に纏うことなく命を散らした。

そして今……エレインとして生まれ変わり、再び舞踏会へと臨むのだ。

記憶がないとはいえ、もう一度シグルド——ユーゼルの手を取ることができる。

◇◇◇

エレインの目論見通り、会食は大成功に終わった。

予想以上に好印象を与えられたのか、本来予定していた終了時間から大幅に長引いてしまったほどである。

「そろそろ宮廷舞踏会の始まる時間ですので……」と何度もユーゼルが口にして、やっとこうして会場に移動することを許されたくらいなのだ。

「まったく……時折、君の人心掌握能力には驚かせられるよ」

「ふふ、これでも理想の淑女となるように育てられましたもの。どう振舞えば一番好印象を与えられるのかはばっちりですわ」

「あぁ、確かに君の意図した振舞いもそうなんだが……何よりも他者を惹きつける天性の魅力があるんだろう、君には」

「へ？」

思ってもみないことを言われ、エレインはぱちくりと目を瞬かせる。

「……やはり視力検査に行かれた方がいいのでは？　私の振舞いは、百パーセント養殖ですから」

「くくっ、そういうところだよ」

何がおかしいのか、ユーゼルはくすくすと笑っている。

エレインは更に反論しようとしたが……こちらを見るユーゼルの目があまりに優しいので、喉まで出かかった言葉を飲み込んだ。

なんにせよ、ユーゼルがエレインのことを肯定的に評価してくれている。

それだけで、心が弾むように嬉しくなってしまうのだ。

「……いよいよ、本番ですわね」

「大丈夫だ、君なら何も心配することはない」

宮廷舞踏会の会場となる大広間の扉の前に立ち、二人は顔を見合わせる。

「この日を君と……我が最愛の婚約者と迎えられたことを、何よりも嬉しく思う」

あらたまってそんなことを言うユーゼルに、エレインは目を丸くする。

「……いきなりどうしました？」

「別に。ただ……口にしたくなっただけだ。去年までは独り身で寂しく入場していたものだからな」

「嘘つき。入場するなり女性に取り囲まれていたとリアナとグレンダに教えていただきましたから」

「なんだ、知っていたのか」

さらりとそう口にするユーゼルに、エレインは内心で舌を巻いた。

本当に、どこまでも油断ならない男だ。

だがそんなところが……エレインの心を惹きつけてやまないのかもしれない。

ユーゼルはどこかいたずらっぽい微笑みを浮かべていたが、不意に真剣な表情で告げる。

「……寂しさを感じていたのは本当だ。周りにどれだけ人がいても、何か大切なピースが欠けている……そんな気がしてならなかったんだ。今までは」

「……今は？」

「この上なく満たされているよ。ずっと探していた大切な欠片が、やっと見つかったから」

そう言って、彼は幸せそうに微笑んだ。

彼の言う「探していた欠片」が何を——誰を指すのかなんて、問いかけるほどエレインは無粋じゃない。

（……ユーゼルに前世の記憶はない。でも、もしかしたら……無意識に、私のことを探していてくれたのかしら）

そんな、ありえない展望が頭をよぎる。

（……そんなはず、ないわよね。シグルドは私を——国を裏切ったんだもの）

せっかくの晴れ舞台なのに、なんだか湿っぽい空気になってしまった。

気分を切り替えるように、エレインはそっとユーゼルの手を握る。

「……行きましょう。私たちの未来のための第一歩です」

「あぁ、行こう」

ユーゼルが目配《めくば》せすると、大広間へ続く扉がゆっくりと開かれる。

寄り添うようにして、二人はゆっくりと足を踏み出した。

一歩大広間へ足を踏み入れると、目もくらむような眩い光景が広がっていた。

高い天井から優雅なシャンデリアが垂れ下がり、キャンドルの灯火が華やかな輝きを放っている。

壁面には美しい絵画が飾られ、大理石の柱が宮殿の壮麗さを際立たせている。

さすがは大国ブリガンディア……と唸りたくなるほど、まさに王家の富と格式を示すものとなっていた。

これより催されるのは数多の王侯貴族が集う宮廷舞踏会。

優雅さと華麗さが融合し、夢と欲望が交錯する場所だ。

（ここが、私の新たな戦場ね）

剣ではなく、誰をも魅了する微笑みを携えて。

会場中の視線が突き刺さるのを肌で感じながら、それでもエレインは臆することはなかった。

ぐるりと会場を見回し、目的の人物を探す。

鮮やかな色彩のドレスや宝石が溢れ、大広間はまるで巨大な万華鏡のようだった。

だがその中の一点、愛らしい笑顔を見落とすことはない。

「お兄様！　エレインお姉様！」

二人の元へ、先に会場入りしていたリアナが嬉しそうに近づいてくる。

彼女が身に纏うのは、夏の海を写し取ったような美しい蒼《あお》のドレスだ。

ユーゼルの言った通り、宮廷舞踏会に参加する女性たちはまるで春の花のように、鮮やかで暖かな色を纏った者ばかり。

だからこそエレインとリアナの装いはこの上なく目を引き……センセーションを巻き起こすことは間違いないだろう。

（いつからの慣習かもはっきりしないし、ドレス選びの幅が狭くなるって密かに不評なのは知ってるのよ。ここでひっくり返したって別にいいわよね）

ユーゼルの婚約者として、未来のガリアッド公爵夫人として認められたいという思いはもちろんある。

だがエレインは、模範的なお人形に収まるつもりはさらさらなかった。

（だってユーゼルが好きになってくれたのは、酔っ払いをぶちのめす私なんですもの）

このくらい型破りな方が、彼の好みには合うだろう。

そんな打算を胸に秘め、エレインは宮廷舞踏会へ乗り込んだのだ。

「きゃあ！　エレイン様……素敵ですわ！」

そんなはしゃいだ声が耳に届き、エレインは声の方へと振り返る。

見れば、同じ年頃の令嬢たちと話し込んでいたグレンダが、こちらに気づいたのかすごい勢いですっ飛んできた。

「まぁ……まぁまぁ！　今宵のエレイン様はなんて麗しいのでしょうか……。あぁん、その凛々しいお姿はまさに戦乙女のよう……」

頬を紅潮させうっとりとそう口にするグレンダに、エレインは少し気圧《けお》されながらも「ありがとう」と返しておいた。

本日のグレンダは、淡いラベンダー色のドレスを身に纏っている。

元々グレンダは華やかで美しい。もちろん、今宵のドレスもグレンダの少女から大人の女性へと変化する過程の、実りかけた果実のようなみずみずしい魅力を存分に引き出していた。

「今日のあなたもとても可愛らしいわ、グレンダ」

そう声をかけると、グレンダは目を輝かせてくるりとその場でターンした。

「きゃあ！　エレイン様に褒められちゃいましたわ！　あぁ、この胸の高鳴りはもしや恋……？」

「不整脈かもしれないな。一度医者に診てもらうといい」

「ユーゼル様がそう仰るのならそうなのでしょうか。でも何か違うような……」

グレンダの恋の目覚め（？）をばっさりと切り捨てたユーゼルに、エレインは内心で苦笑した。

まったくこの男は、変なところで心が狭い。

「グレンダ、よろしければ私も皆様にご挨拶したいわ。紹介していただけないかしら」

「もちろんですわ！　エレイン様の魅力を、わたくしがたっぷりと皆様にレクチャーして差し上げます！」

意気揚々とエレインの手を引くグレンダに続いて、エレインは同じ年頃の令嬢たちの元へ足を進める。

彼女たちはエレインのことを、驚きと羨望が混じった視線で見つめていた。

（私に対する敵意はない……みたいね。これもグレンダのおかげかしら）

美辞麗句を用いて高らかにエレインを褒め称えるグレンダの声を聞きながら、エレインは表情を緩める。

同じ年頃の令嬢たちの中でも、グレンダはリーダー格の存在だ。

そして……思った以上に人望もあるようだ。

グレンダが認めた相手なら、間違いはないだろうという信頼があるのだろう。

（これなら、うまくやっていけそうね）

あと一つだけ……憂いを断てば、きっと明るい未来が待っているはずだ。

グレンダやユーゼルに付き添い、挨拶に回っていると……宮廷楽団が音色を奏で始めたのが耳に入る。

どうやら、お待ちかねのダンスの時間の始まりのようだ。

主催である国王と王妃がファーストダンスを踊り、続いて公爵位以上の地位を持つ者たちがパートナーの手を取り、ダンスフロアへと進み出る。

「お相手を願えるかな、婚約者殿」

「ええ、喜んで」

ユーゼルに手を差し出され、エレインは迷うことなくその手を取った。

ゆっくりと歩む二人の姿に、見守る者たちは感嘆のため息を漏らさずにはいられなかった。

小国の伯爵令嬢ごときが……と内心で侮っていた者でさえ、エレインの放つ幽玄な美しさには目を奪われずにはいられなかったことだろう。

壮年の王族や公爵たちの中で、年若い二人は否応なしに目立っていた。

だが、二人ともこの状況に臆するような人間ではない。

肌を刺すような注目の嵐もどこ吹く風で、ただ互いのことを見つめていた。

やがて楽団がゆっくりとワルツを奏で始め、二人は滑るようにステップを踏む。

まるで長い時間を共にしてきたように、二人の呼吸は完璧だった。

こうして至近距離で見つめ合い、踊っていると……まるで世界に二人きりになったのではないかと錯覚しそうになってしまう。

それほどまでに、ユーゼルのことしか見えなくなってしまうのだ。

触れたところから伝わるユーゼルの体温に、エレインは背筋を震わせる。

こちらを見つめるユーゼルの瞳が、感じる彼のぬくもりが、言葉などよりもよほど雄弁に想いを伝えてくれるようだった。

……今までエレインがダンスだと思っていたものは、ただの児戯だったのかもしれない。

そう思ってしまうほど、ユーゼルとのこの時間は濃厚だった。

ステップを踏むたびに、心と心が絡み合う。

魂が溶け合うような、そんな心地にさせられる。

ユーゼルのすべてが、エレインを捕らえて離さない。

この時間が永遠に続けばいいのに……なんて、らしくもないことを考えてしまう。

二人の相性のよさは、会場の者たちにも一目瞭然だった。

まるでそうあるのが当然のように、欠けたピースがぴったりとはまるかのように、二人は踊り続ける。

その姿は絵画のように幻想的で、観衆は二人の奏でる美しいハーモニーに酔いしれずにはいられなかった。

「素晴らしかったですわ、エレイン様！　お二人が華麗に舞う姿は、もう……永遠の語り草になること間違いなしです！」

ダンスが終わると、興奮した様子のグレンダが一目散に駆けてきた。

彼女が早口で二人のダンスを褒め称えるのに、エレインは内心で苦笑しつつ耳を傾ける。

「褒めすぎよ、グレンダ。……でも、ありがとう。少し自信がついたわ」

「そんなご謙遜を！　エレイン様の舞うお姿はまさに妖精のようで……わたくし、涙が出ましたもの。で、ですから次は、わたくしと踊――」

「グレンダ嬢。あそこに君の信奉者が列を作っているようだ。早めに対処した方がよいのでは？」

「あぁん、いいところだったのにぃ……」

ユーゼルが指し示す方を見れば、確かにグレンダに熱視線を送る男性陣が。

グレンダも名門侯爵家の令嬢という立場上、完全に無視することもできないのだろう。

ぶつぶつ言いながら、彼らの対処に向かっていった。

「まったく、ある意味彼女は強力なライバルだな」

「大人げないですよ、まったく……。でも、グレンダってモテるのね……」

そう呟くと、近くにいたリアナがくすくす笑いながら教えてくれた。

「ええ、グレンダ様は殿方に非常に人気なんです。明るくはつらつとして、とても綺麗な方ですから。今まではとある御方に熱烈にアプローチをされていたので、皆様望みがないと身を引いていたそうですが……最近その方に婚約者が現れたので、やっと自分にもチャンスが巡ってきたと張り切っていらっしゃるのではないでしょうか」

「なるほど、そういうことね」

にやにや笑いながらリアナの話に出てきた「とある御方」――ユーゼルに視線をやると、彼は甘やかな笑みを浮かべた。

「心配しなくても、俺は君一筋だよ」

「べ、別に何も言ってませんけど⁉」

「この色男！」とからかってやるつもりが、逆にからかい返されてしまった。

なんだか照れくさくなって、エレインはそっぽを向く。

「さて、俺たちもそろそろ本格的に『社交』をしなければならないようだな」

ユーゼルのそんな呟きが耳に入り、エレインはあらためて周囲を見回す。

確かに、「是非ガリアッド公爵とその婚約者とお近づきになりたい」と顔に書いてある者たちがこちらに熱い視線を送っている。

エレインも未来の公爵夫人として、ぼやぼやしていられないだろう。

（さぁ、戦いの始まりね）

口元に弧を描き、エレインは背筋を伸ばし前を見据えた。

（えっと、ユーゼルは……あそこね）

ユーゼルと二人で「社交」に乗り出し、次から次へとやってくる者たちをうまくさばいているうちに……気がつけばユーゼルとはぐれてしまっていた。

ちらりと会場内を見回せば、探し人が数人の男性と談笑しているのが目に入る。

話の輪の中に女性はいない。男性だけで話したいこともあるのだろうと、エレインは見守るにとどめておいた。

さて、次は誰と交友を深めるべきか……と周囲を見回したエレインは、とある一点で思わず顔をしかめてしまった。

（うわっ……！）

エレインの視線の先には、エレインの前世の主であり、今世の義妹（予定）のリアナがいる。

問題は、リアナが一緒にいる相手だ。

彼女が愛らしく頬を染め、潤んだ瞳で見つめているのは――。

「イアン……！」

エレインと同じく前世の記憶を持ち、ユーゼルへの復讐心を持つ男。

かつてエレインに共闘を持ちかけた神官がそこにいた。

エレインの視線に気がついたのか、イアンがにやりと笑う。

その妖しい笑みにうすら寒さを感じたエレインは、足早に二人の方へと近づいた。

「ごきげんよう。イアン様もこちらにいらっしゃっていたのですね」

なんとか笑顔を取り繕ってそう声をかけると、イアンは先ほどとは打って変わって人畜無害な笑みを浮かべた。

「これはこれはエレイン様。お会いできて光栄です。神に仕える身でこのような華やかな場に身を置くのは気後れしますが……こうして皆様とお話しさせていただくのも布教の一環ですから、ご容赦ください」

あからさまに猫かぶった態度のイアンに、エレインは舌打ちしたくなった。

しかし、この場にイアンがいるのは有難い誤算だ。

……うまくいけば、今夜にでも、最後の憂いを取り除くことができるかもしれない。

(私は、今のユーゼルと一緒に生きることを決めた)

彼の前世が裏切り者だったとしても、それはユーゼルの罪ではない。

何もかも忘れて……とはいかないだろうが、「シグルド」ではなく「ユーゼル」を見ようと決めたのだ。

だから、ユーゼルを殺そうとしているこの男を……野放しにするわけにはいかない。

(素直に話して改心してくれるようならそれでいい。どうしても復讐を諦めないと、ユーゼルを殺そうというのなら……私が排除する)

エレインの瞳に、ぎらりとした闘志が宿る。

その変化に気づいたのか、イアンは意味深な笑みを浮かべた。

「ふふ、今宵のエレイン様は一段と美しくていらっしゃる……。よろしければ、一曲お相手願えますか？」

「えっ？」

イアンの言葉に、驚きの声を上げたのはリアナだった。

「あの、イアン様……踊られるのですか？」

この様子だと、今までイアンはこうした場で踊ったことはなかったのだろう。

おろおろと問いかけるリアナに、イアンは静かに口を開く。

「えぇ、お恥ずかしながらダンスの経験はほとんどなく、今までは踊るのを控えていたのですが……先ほどのエレイン様のダンスは非常に素晴らしかったので。是非レクチャーしていただきたく」

「ダ、ダンスでしたらわたくしもご教授できます……！　いえ、その……エレインお姉様はお兄様と婚約されたばかりですし……」

リアナはイアンに淡い恋心を抱いているのだ。

意中の相手が、いくら婚約者持ちの相手とはいえ別の女性をダンスに誘うとなれば、心穏やかでいられないのも当然だ。

もちろん、イアンだってリアナの心中はよくわかっているだろう。

それなのに――。

「お気持ちは有難いのですが、リアナ様はまだ婚約者もいらっしゃらない身でしょう。私があなたと踊ってしまっては、あなたを恋い慕う男性から恨まれてしまいます。その点エレイン様は既にガリアッド公爵と婚約されている身。神官である私と踊っても、社交の一環だとしか思われないでしょう」

一見諭すような言い方をしているが、彼の声にリアナを弄ぶような響きを感じ取り、エレインはぐっと拳を握りしめた。

（よくも、女王陛下にそんな口が利けるわね……）

……前に会った時から、片鱗《へんりん》は感じていたのだ。

彼は、エレイン以上にユーゼルへの復讐「だけ」に囚われている。

そのために、守るべき主であるリアナを利用するほどに。

（やっぱり、私と彼とは相容れない）

どんな手を使ってでも、決着をつけなくては。

目的のためとはいえ、リアナの心を傷つけてしまうだろう。

だが、それ以上に……エレインはユーゼルとリアナを守らなくてはならないのだ。

「えぇ、そういうことでしたら、喜んでお相手いたしましょう」

軽くスカートを摘《つま》んでお辞儀をすると、イアンの目が愉快そうに細められた。

「少しイアン様をお借りするわね、リアナ。ユーゼルが来たらうまく誤魔化しておいてくれると嬉しいわ」

「は、はい……」

少し不安そうなリアナに心が痛むのを感じながら、エレインはイアンの手を取った。

先ほどユーゼルの手を取った時とは違い、ぞわりと背筋に悪寒が走る。

それでもなんとか笑顔を取り繕い、エレインはイアンと共にダンスフロアへと歩み出した。

密着した目の前の男からは、神官には似つかわしくない妖艶な甘い香りがした。

こんな香りを漂わせながら、リアナに声をかけたのだろうか。

その状況を想像すると不快感が押し寄せ、エレインは内心で舌打ちをする。

「……まさか君のこんな姿を見られる日が来るとは思っていなかったよ、リーファ」

二人で踊り始めて早々に、イアンはからかうようにそう口にした。

前世で暴れイノシシのようだったリーファが、今は貴族令嬢として着飾り踊っているのを揶揄《やゆ》しているのだろう。

「あなたこそ、びっくりするほど僧衣が似合ってないわ。胡散臭い詐欺師にしか見えないわよ、イアン」

売り言葉に買い言葉でそう言い返すと、イアンは愉快そうに口角を上げる。

「喧嘩っ早いのは相変わらずだね」

「昔だって喧嘩を売る相手はちゃんと選んでいたわ」

「なるほど、君にとって今の僕は『喧嘩を売っていい相手』ということか」

「ええ」

挑戦的に微笑むと、イアンは不快そうに眉根を寄せた。

「……理解できないな。シグルドは僕たちの共通の敵だろう。君は、奴が僕たちにしたことを忘れたのか？」

……忘れていない。忘れられるわけがない。

美しい国と、女王を守るための戦いのさなか——いつからか、リーファはこちらの内情が敵にバレていることに気づいた。

陣形が、作戦が、撤退ルートが……何もかもが見透かされていた。

そのせいで、日を追うごとに犠牲が増えていく。

力尽きた仲間を弔うのが日常になるなんて、少し前までは考えられなかったのに。

——「この中に裏切り者がいる」

誰からともなくそう口にするようになり、仲間内での諍いも増えていった。

それでもリーファは、仲間を疑わなかった。

共に死地を駆け抜けた仲間を疑うことなんてしたくなかった。

……その甘い考えが、自らの死を招くとは知らずに。


その日は、国境付近で激しい防衛戦が繰り広げられていた。

一人、また一人と倒れていく旧友を目に焼きつけながら、リーファは歯を食いしばって防衛ラインを守っていた。

あと少し、あと少し耐えればシグルドの率いる援軍が到着するはずだ。

そんな希望を胸に、リーファは戦い続けた。

だが、どれだけ待ってもシグルドは来なかった。

もはや気力だけで立っていたリーファに、勝利を確信した敵軍の将は告げた。

——シグルドこそが、情報を他国に流していた裏切り者なのだと。

――彼は偶然行き倒れた記憶喪失の人間などではなく、最初からリーファの祖国を滅亡に導くために送り込まれたスパイなのだと。

その言葉を聞いた時の絶望は、今でもはっきりと思い出せる。

シグルドは裏切り者だった。今までの彼との思い出も、すべてが嘘だったのだ。

もしもリーファがシグルドを拾わなければ、こんな事態にはなっていなかったのかもしれない。

こんな風に、仲間が散っていくこともなかったのかもしれない。

あの時、シグルドを受け入れさえしなければ……！

爆発的な恨みが、憎悪が胸を満たす。

破壊衝動のまま、何もかもを壊し尽くしたくなる。

だが、リーファの中にはまだ隊を率いる長としての矜持が残っていた。

まだ生き残っている隊員に撤退を指示し、リーファは敵軍の将に向き直る。

奴はリーファを嘲笑いながら「降伏すれば命は助けてやる」などとほざいていたが、もちろん言う通りになんてするはずがなかった。

――こいつの、シグルドの思い通りになんてなってやらない。

――最後の最後まで戦い……一人でも多く道連れにしてやる。

最後の気力を振り絞り、リーファは敵陣へと特攻した。

剣を振るい、向かってくる者を斬り伏せ、魔力をぶつけ、立ち塞がる者を吹き飛ばして。

あっという間に、敵将の元へと到達する。

――「待て！　交渉を――」

――「黙れ」

首筋に剣を突きつけ、恐怖で歪む顔を眺める。

すぐに将を守ろうと、敵軍の兵士が殺到してきた。

……それこそが、リーファの狙いだった。

(私はここで死ぬ。でも、この恨みだけは……絶対に消させない)

次に会った時は、絶対に……シグルドを殺し、復讐を遂げてやる。

その思いを胸に、リーファは全身の魔力を一点に集中させ……自分もろとも爆発させた。

リーファの体は、跡形もなく粉々に砕け散るだろう。

だが、構わなかった。一人でも多く、敵兵を道連れにできればそれでいい。

視界を覆い尽くす光と、体ごと溶かすような熱と、すべてが吹き飛ぶような衝撃と――。

リーファが最期に見た景色は、案外綺麗なものだった。

……命を賭した特攻の結果がどうなったのか、リーファ――エレインは知らない。

確かなのは、その瞬間リーファは命を落としたことと、次に生まれ変わった時には……リーファが守りたかった国は、地図からきれいさっぱり消え失《う》せていたということだけだ。

「……リーファ」

過去の追想に浸っていると、イアンが焦《じ》れたように名を呼んだ。

「思い出せ、リーファ。シグルドが僕たちにしたことを。あの男さえいなければ、君があんな風に命を落とすことも、僕たちが愛した国が亡《ほろ》びることもなかった。すべてあの男のせいなんだ……！」

「……そうかもしれないわね」

シグルドの犯した罪を許すことはできない。

だが――。

「今のユーゼルに前世の記憶はないわ。私は……ユーゼルにシグルドの罪をかぶせて、断罪するつもりはない」

はっきりと、そう告げる。

その瞬間、イアンの表情が歪んだ。

「……強欲で浅ましい女だな、君は。公爵夫人という立場に目がくらんだか？　そんな似合わない格好をして、さぞやいい気になっているんだろうな！」

「なんとでも言うがいいわ。ユーゼルは殺させない。リアナを利用することも許さない。今後、ガリアッド公爵家に害をなそうというのなら……私があなたを排除する」

これは、宣戦布告だ。

イアンがユーゼルを殺そうというのなら、エレインが返り討ちにしてやる。

そんな決意を込めて、エレインはイアンを強く睨みつけた。

イアンは表情を消し、じっとエレインを見つめる。かと思うと……急ににやりと笑ったのだ。

「情にほだされたか。残念だよ、リーファ。僕は君の実力を買っていた。だが――」

イアンの手が、エレインの両肩を強く摑む。

振り払う間もなく、イアンはそのままエレインを強く突き飛ばしたのだ。

「協力できないというのなら、最後に役に立ってもらおうか」

「っう……！」

勢いよく突き飛ばされ、エレインの体がしたたかに床に打ちつけられる。

あたりにいた人たちが、驚いたように悲鳴を上げて飛び退《の》いた。

（しまった……！）

まさかイアンがこの場で直接的な手に出るとは思っていなかったので、対応が一瞬遅れてしまった。

すぐに起き上がり反撃に転じようとしたが、頭上から何かが千切れるような音がして、エレインは反射的に上に視線をやった。

そして、戦慄した。

エレインの頭上――ブリガンディア王国の威信を象徴するような巨大なクリスタルのシャンデリアが……まっすぐこちらめがけて落下を始めていたのだ。

あまりに現実離れした光景に、エレインは息をのむ。

起き上がれ、体を動かせ、逃げろ……！

頭がそう指令を発するが、それが体に伝わるまでのほんのわずかな時間が命取りになる。

（駄目だ、間に合わな――）

エレインの優秀な頭脳が、残酷に判定を下したその瞬間――。

「エレイン！」

必死に、名を呼ぶ声が聞こえた。

次の瞬間、エレインの体は強く抱きすくめられ、そのまま掬い上げられる。

一瞬、翡翠の瞳と視線が合った。

エレインは彼の名を呼ぼうとしたが、シャンデリアが落下し、ガラスが砕ける轟音《ごうおん》に掻き消されてしまう。

「きゃあああぁぁぁぁ!!」

優美な舞踏会の場で起こったまさかの出来事に、参加者たちは絶叫した。

その声で我に返ったエレインは、慌てて自分を抱きしめる男――ユーゼルの安否を確認しようと体を起こす。

「ユーゼル！」

ぐったりと倒れ伏す彼の腕が、エレインの腹部のあたりに巻きついている。

そして、彼の下半身は……シャンデリアの下敷きとなっていた。

……彼は身を挺《てい》してエレインを庇い、巻き込まれたのだ。

「っ……誰か！　ガリアッド公爵の救出を手伝って！」

エレインが声を張り上げると、幾人かの人間がはっとしたように駆けつけてくれる。

その中には、リアナやグレンダの姿もあった。

「お兄様……！　嫌、お兄様ぁ‼」

「ユーゼル様……！　皆様、どうか力をお貸しください！　シャンデリアを持ち上げて‼」

グレンダが声をかけると、彼女の信奉者と思わしき男たちが集まってくる。

（ユーゼル……）

意を決して、エレインはユーゼルが佩いていた儀礼剣を抜き、立ち上がる。

ユーゼルはぐったりと目を閉じているが、呼吸はある。

……大丈夫、まだ間に合うはずだ。

「リアナ、あなたのお兄様をよろしくね。すぐにユーゼルと一緒にここから逃げるのよ」

「ですがっ……エレインお姉様は……」

「私には未来の公爵夫人としての仕事があるの。……大丈夫、すぐ追いつくわ」

そっとリアナの額に口づけを落とし、エレインは憎悪を込めて一点を睨みつける。

この事態を招いた男――イアンは、エレインの視線も、このパニックじみた状況も意に介さず笑っていた。

「火の手が上がったぞ！」

シャンデリアのキャンドルが会場に燃え移ったのか、焦げるような臭いがし人々の悲鳴が聞こえる。

我先にと出入り口へ殺到する人々の波に逆らうようにして、エレインは歩き出した。

大広間の奥で待ち構える、排除すべき男の元へ。

「おや、逃げないんですか」

「あなたを始末するまでは、逃げるわけにはいかないわ。あなたこそ、待っていてくれるなんて優しいのね」

皮肉を込めてそう口にすると、イアンは意地の悪い笑みを浮かべた。

「前世の記憶を保持している分、あなたを野放しにするのはユーゼル・ガリアッド以上に危険そうですからね。ここで確実に討ち取っておきたい」

「同感ね。私もここで確実にあなたを討ち取っておきたいのよ」

「こうして再び剣を交えられるのを嬉しく思いますよ、リーファ。前世ではあなたに敵いませんでしたが……今の甘っちょろいあなたになら負ける気がしない」

そう言い放つと、イアンは一息に重い僧衣を脱ぎ捨てた。

露になったのは、神官というにはあまりに鍛え上げられた肉体だ。

ユーゼルへの復讐を忘れていないというだけあって、神官という身ながら日々鍛錬を欠かさなかったのだろう。

こんな状況なのに、エレインは素直に感心しそうになってしまう。

「なるほど、モヤシ神官かと思っていたけどやるじゃない」

「ドレスと宝石に目がくらんだあなたとは違いますから。その細腕で僕を討ち取れるとでも？」

「……試してみてはいかが？」

「ええ、もちろん」

二人の視線がぶつかり合う。

それが、合図だった。

次の瞬間、二人は同時に地面を蹴り駆け出した。

イアンが素早く突進し、剣が空中で銀色の筋を描く。

見事な一閃《いっせん》だが、エレインは流れるような優雅な動きで彼の攻撃を避ける。

その動きは、戦いというよりも舞い踊るように美しかった。

間髪を容れずに、エレインは反撃に転じる。

蜂が刺すように素早く、イアンの急所を狙って突きを入れる。

だがイアンも負けてはおらず、力強い動きでエレインの一撃を弾いた。

鉄と鉄が激しくぶつかり合い、火花が飛び散る。

二人同時に飛び退き、距離を取る。

視線が合うと、イアンはにやりと笑った。

「ずいぶんと弱くなったな、リーファ。昔の君なら、さっきの一撃で仕留めていただろう」

「もう少しあなたと踊りたかったのよ。女心がわからない無粋な男ね」

余裕の笑みを浮かべながらも、エレインは内心で焦りを覚えていた。

イアンに指摘されるまでもなく、自身の動きが精彩を欠いていることにエレインは気づいていた。

(おかしい、こんなに体が重いなんて……)

ドレスを着ているから、だけでは説明がつかないほど、体が重くてたまらない。

それも、時間が経つほどにどんどん症状が重くなっていくのだ。

イアンに悟られないようにまっすぐ背筋を伸ばして立っているが、今すぐにも膝をついてしまいそうなほど不調は明らかだった。

「リーファ、君の戦い方はひどく高潔で美しい。だが、それだけでは足りないと学ぶべきだな」

「……何が言いたいの」

「君が剣を構える前に戦いは始まっていて……君は既に勝負に負けていたということさ」

イアンの意味の解《わか》らない言葉にエレインは一瞬眉根を寄せ……すぐにその真意を悟った。

「あの不快な香り……体を麻痺《まひ》させる効果でもあったのかしら」

「さすがはリーファ、察しがいいね。だが気づくのが遅すぎる」

エレインはあの時警戒しなかった自身の浅はかさに舌打ちした。

だが、過ぎてしまったことをいつまでも悔いても仕方ない。

(……大丈夫。完全に動けなくなるまでに、イアンを仕留めればいいだけよ)

背筋を冷や汗が伝う。剣を摑む手が震える。

だがそれでも、退くわけにはいかないのだ。

(ユーゼルは、大丈夫かしら……)

炎は燃え広がり、だんだんと大広間の温度が上がっていく。徐々に白煙が広がり、視界を奪い始めている。

だが、招待客たちの喧騒はどんどんと遠ざかっていく。

おそらくはリアナやユーゼルを含む舞踏会の参加者たちは既に退避し、残っているのはエレインとイアンの二人だけなのだろう。

(ごめんなさい、リアナ)

きっと、エレインは帰れない。

(でも絶対に、あなたとユーゼルは守ってみせるから……!)

生きて帰ろうなどという甘い考えは捨てろ。

全身全霊を尽くして、どんな手を使ってでも目の前の男を討ち取ることだけを考えろ。

(相討ちに持ち込めれば、それでいい)

そう自分に言い聞かせ、エレインは強く床を蹴った。

◇◇◇

「はぁっ……!」

力強く剣を振るい、リーファは相手の剣を弾き飛ばす。

「っ……相変わらず君は強いな」

模擬戦の相手——イアンは、少し悔しそうに笑いながらそう言った。

定期的に行われる模擬戦において、リーファの相手は頭の回る同僚——イアンだった。

リーファは今まで一度もイアンに負けたことはない。

そして今回も……勝利の女神はリーファに微笑んでくれた。

悔しそうに俯くイアンに、リーファは握手をしようと手を差し伸べる。

「でもあなたも前よりずっと強くなっているわ。もう少しで――」

「やめてくれ」

差し出した手を強く払われ、リーファは驚いた。

「イアン……？」

「いつも君はそうやって余裕で笑って、こっちの気持ちなんて知りもせずに……」

今までも、負かした相手が嫌みを言ってくることはあった。

だが今は、何かが違った。

こちらを睨むイアンの眼光には、底知れない暗い光が宿っているようにも見えた。

思わず、リーファが気圧されてしまうほどに。

戦場で強敵と相対した時でさえ、こんな風に怯むことなんてほとんどないのに……。

「本当に君は、いつもいつも……」

イアンが一歩足を踏み出す。

とっさに、リーファは一歩下がってしまった。

そんなリーファの動きが気に障ったのか、イアンがゆらりとこちらへ手を伸ばす。

握手などとは違う、本能的に危機感を覚えるような動きだった。

だが、その手がリーファに触れる前に――。

「熱くなりすぎだ」

強く腕を掴まれ、イアンははっとしたような顔をした。

リーファとイアンの間に割って入ってきた人物――シグルドは、戸惑うリーファを見て小さくため息をつく。

「君も次の試合が控えているだろう。早く準備をした方がいい」

「シグルド……」

思わず縋るような視線を向けると、シグルドはそっと首を横に振った。

今は彼の言葉通り退いた方がいいということなのだろう。

ちらりとイアンに視線を向けると、苦々しい顔でこちらを見ていた。

だがリーファの視線に気づくと、彼は作り笑いを浮かべて言った。

「……次は必ず勝ってみせる。楽しみにしていてくれ」

「ええ、待ってるわ。もちろん私も負けるつもりはないから」

リーファはほっと安堵の息を吐き、その場を後にした。

正々堂々と正面から戦えば、リーファは決してイアンに負けはしない。

イアンも女王に仕える崇高な騎士ならば、卑怯な手などを使うはずがない。

リーファはそう思っていた。

エレインとして生まれ変わってからも、心のどこかでそう思っていたのかもしれない。

その甘さが、窮地を招くとも知らずに。

「っぅ……！」

強く弾かれ、エレインは剣を取り落としてしまう。

慌てて拾おうとする前に、眼前に切っ先を突きつけられた。

「残念、僕の勝ちだ」

見れば、イアンが余裕に満ちた笑みを浮かべてこちらを見下ろしている。

「……薬を盛るなんて、騎士道精神の風上にも置けないわよ」

「残念ながら今は騎士じゃなく神官なんでね」

息を荒げるエレインを嘲笑うように、イアンはそう告げる。

「それでも、君の健闘は立派だった、想像以上だよ。……もう一度尋ねよう、リーファ。僕と手を組む気はないかい？」

さっさとエレインの命を奪えばいいのに、イアンはまるでいたぶるように言葉をかけてくる。

「大丈夫、悪いようにはしないよ。僕は君の実力も、その美しさも気に入っているんだ」

「……悪趣味ね。残念だけどお断りよ」

イアンは騎士道精神を捨てたようだが、エレインはそうではない。

「愛する人を裏切るくらいなら、ここで潔く死んだ方が一億倍マシよ」

そう吐き捨てると、イアンは驚いたように目を見開いたのち……おかしくてたまらないとでもいうように笑い出した。

「これは傑作だ！　大好きなシグルドに裏切られて死んだ君が、そんなことを言うなんてね！」

イアンの言葉に、胸の奥の柔い部分が痛みを訴える。

だがそれでも、エレインは果敢にイアンを睨みつけた。

「何度死んでも、裏切られても、きっと私は変わらないわ」

「美しいね、リーファ。……ご褒美だ。最後にいいことを教えてあげよう」

イアンの手にする剣の切っ先が、エレインの喉に触れた。

ぴりりとした痛みが走り、皮膚が裂け、一筋の血が滴る。

彼があと少しでも力を込めればエレインの喉は裂け、すぐに死に至るだろう。

じわじわと獲物をいたぶるように、イアンは上機嫌に口を開く。

「君は、シグルドのことが好きだったんだろう」

「……だから何。裏切られて死んだ惨めな女だって、笑いたければ笑えばいいわ」

「いや、裏切られてもなお同じ男を好きになるなんて……不思議なものだと思ってね。君は勘が鋭いから、本能的に気づいていたんじゃないかい？」

「何が――」

「シグルドは、裏切ってなんていないことにさ」

「………は？」

驚愕に目を見開くエレインに、イアンは愉悦の笑みを浮かべた。

「冥途の土産に真実を教えてあげよう。シグルドは君を裏切ってはいない。敵国から送り込まれたスパイだったのは確かだけどね」

「何を、言って――」

「喜ぶといい。君の献身のおかげで、あいつは心変わりしたんだろう。僕たちの国を……いや、君を守るために、本当の祖国を裏切ることにしたんだ」

「そんな、はずが……」

イアンの言葉が、毒のようにじわじわと染み渡っていく。

彼が嘘をついているのか、真実を言っているのかわからない。

だが、信じたくなってしまう。

もしかしたら、本当にシグルドはリーファを裏切ったわけではないのではないかと――。

「……だったら、誰が情報を漏洩《ろうえい》していたというの。そんなのスパイのシグルドしか――」

「僕だよ」

「…………は?」

信じられない思いで、エレインは目の前の男の顔を凝視する。

こいつは、何を言っている?

「…………嘘」

「やっぱり気づいていなかったのか。君は肝心なところで鈍いんだな」

「な、んで……あなたは私たちの仲間じゃない！　どうして、女王陛下を裏切るような真似を――」

「どうせあの小国に未来はなかった。さっさと脱出した方がマシだと判断しただけさ。いつまでもしぶとく粘り続ける君たちの情報はいい手土産になったよ。おかげで、脱出先にも好待遇で迎えられた」

そうのたまうイアンの表情には、罪悪感など欠片も見られなかった。

……彼は自分自身の保身のために、仲間を、忠誠を誓った主を、祖国を売ったのだ。

「っ……！」

エレインは何も言えなかった。

いつもだったら、目の前のイアンへの猛烈な怒りに駆られ、「この売国奴が！」と吠えていただろう。

だが今はそれよりも、胸が張り裂けるような後悔に苛まれていた。

（シグルドは私を裏切っていなかった……。じゃあ、私はずっとユーゼルに――）

何も知らない彼に、裏切ってなどいない彼に、どれだけひどいことをしていたのだろう。

（ごめんなさい、シグルド、ユーゼル……）

最後の最後に真実を知るなんて。

もしも、前世でも今世でもシグルドのことを信じていれば……こんな結末を迎えることもなかったのだろうか。

絶望が胸を覆い尽くし、ぽろりと涙が零れる。

そんなエレインを見て、イアンは愉快でたまらないとでもいうように笑った。

「それだよ！　君のその絶望する顔が見たかったんだ！　国一番の騎士なんて持ち上げられて、いい気になって……ずっと泣かせてやりたかった」

乱暴にエレインの髪を掴んだイアンが、無理やり顔を上げさせる。

「安心するといい。その綺麗な顔は傷つけないように殺してあげるよ。君の首を見せた時、ユーゼル・ガリアッドはどんな反応を――」

イアンがそこまで言った時だった。ヒュッと空気を切るような音がしたかと思うと……エレインの髪を掴むイアンの手首に、小ぶりのナイフが突き刺さったのだ。

「なっ⁉」

驚愕したイアンがエレインから飛び退く。

それと同時に、あたりに充満する煙の中から人影が飛び出してきた。

「なっ……」

イアンからエレインを庇うように、目の前に現れたたくましい背中――。

その姿を、見間違えるわけがない。

「ユーゼル……」

呆然と呟くエレインを振り返ることもせず、ユーゼルは静かに告げた。

「立て、リーファ。君の底力はそんなものじゃないだろう」

「…………へ？」

今、彼はなんと言った？

「今、あなたなんて……！」

「細かい話は後だ。今はとにかく、この男の抹殺を最優先に」

腹が立つほど冷静で、落ち着き払った口調。

エレインは、そんな人物に覚えがあった。

……忘れない。忘れられるわけがない。

「シグルド……？」

目の前にいるのは、間違いなくユーゼル・ガリアッドだ。

だがその話し方は、態度は、気迫は……彼の前世である「シグルド」そのものなのだ。

「立てと言ったのが聞こえなかったのか？」

その声に、エレインははっとする。

……シグルドはいつもそうだった。

エレインのことを信頼してくれているからこそ、厳しく接してくれる。

それでいて、本当につらい時は助けてくれるのだから。

この状況でも、まだやれると信じてくれているのだろう。

(だったら、弱音なんて吐いてる暇はないのよね……！)

ぐっと全身に力を込め、エレインは立ち上がった。

ユーゼル――いや、シグルドはエレインが立ち上がった気配を察したのか、一本の剣を投げてよこした。

一般の兵士が身に着けているような、なんの変哲もない剣だ。

どうしてユーゼルが「シグルド」のように振舞っているのかはわからない。

記憶が戻ったのかもしれない。だが、それを確かめている暇はない。

ぐっと剣を握り、エレインはシグルドの隣へ立つ。

そして、唖然とするイアンを睨みつけた。

「形勢逆転ね」

イアンはわけがわからないといった顔をしていたが、すぐに余裕の表情を取り戻す。

「ふん、死にぞこないが二人集まったところで何ができる？　むしろ、僕にとっては二人まとめて確実に葬るチャンスだというのに」

それが虚勢なのか、心からそう思っているのかはわからない。

だが、そんなことはどうでもいい。

（今なら、負ける気はしない）

前世でもこうして、何度もシグルドと肩を並べて戦場に立った。

彼の気配を傍に感じるだけで、全身に力が湧いてくる。

（きっと、これが……私の「愛」なんだ）

それぞれ剣を構え、エレインとシグルドは同時に駆け出した。

シグルドの力強く正確な一撃と、エレインの素早く変則的な連撃。

それぞれ怪我を負い万全の状態とはいかなくても、二人の攻撃は美しい二重奏のようにぴたりとはまり、イアンを追い詰めていく。

「ふん、小賢しい！」

最初は余裕の笑みを浮かべていたイアンにも、徐々に焦りが見え始めている。

落下したシャンデリアのキャンドルから燃え移った火は、どんどんと燃え広がり大広間を真っ赤に染めていく。

襲い来る熱が、刻一刻とタイムリミットを突きつけてくるようだった。

（でも、そんなの関係ないわ）

元より、生きて帰ろうなんて思ってはいない。

エレインにとっての最優先事項は、前世の「本当の」怨敵であり、今後ガリアッド公爵家にとって危険分子となるイアンを葬り去ることなのだから。

それが叶うなら、この命なんて惜しくはない。

（こいつは私欲にまみれた化け物。今世でもリアナを惑わして……絶対にここで仕留める！）

彼を外に逃がしたら、間違いなくリアナに牙をむくだろう。

私欲に駆られて、祖国を裏切った男なのだ。

魔力持ちの公爵令嬢であるリアナのことも、都合のよい駒として操るつもりなのだろう。

その先に何を企んでいるのか……いや、なんでもいい。

奴はここで死ぬ。何を企んでいようとそれで終わりなのだから。

（絶対に、止める……！）

油断すれば力の抜けそうになる手足を気力だけで奮い立たせ、エレインは更に鋭く剣を振るう。

常軌を逸したその動きに、イアンは恐怖に顔を歪める。

「何故……その状態で動ける⁉　薬が効いたはずでは――」

「守るものがあるからな」

イアンの問いかけに応えたのは、エレインではなくシグルドの方だった。

「貴様のような薄汚いドブネズミとリーファの高潔な魂を一緒にするな」

「くっ……！」

死力を尽くして、限界を超えて戦う二人に、イアンは敗北を悟ったのだろう。

「ならば貴様らだけここで死ね！」

彼は剣を投げ捨てると、二人に背を向け駆け出したのだ。

「待ちなさい！」

逃がしてなるものかと、エレインは最後の力を振り絞りイアンの背を追いかける。

たった一撃でいい。イアンの足を緩めることができれば、こちらの勝ちだ。

ほとんど体力を使い果たしているとはいえ、エレインは足の速さには自信がある。

いつの間にかハイヒールも脱ぎ捨てて、どんどんとイアンとの距離を縮めていく。

だが――。

「待て！」

「なっ！」

急に背後から腕を摑まれ、がくんと後ろにバランスを崩してしまう。

シグルドが強く腕を引いて、エレインの足を止めさせたのだ。

「離して！　イアンが逃げ――」

「見ろ」

「え……？」

シグルドの視線の先を追い、エレインは思わず息をのんだ。

大広間を美しく彩る天井画が、見るも無残に燃え盛っている。

そして、ついには耐えきれずに一部が崩落し――。

「ぁ……………」

その真下を走っていた、イアンを押しつぶしたのだ。

前世と今世に渡り計略を繰り広げ、リーファを、エレインを苦しめた男の……なんとも呆気ない最期だった。

（終わった……）

一気に気が緩んだエレインは、がくりと膝をついてしまう。

だが、その途端シグルドがぐい、とエレインの腕を引っ張った。

「早く立て、脱出するぞ」

シグルドの表情には焦りが浮かんでいる。

その時になってやっと、エレインは周囲を見回し……今の状況を悟った。

今しがたイアンを押しつぶしたように、あちこちで天井や柱の崩落が始まっている。

既に激しく炎が燃え盛り、通れない場所もあり、脱出は困難を極めるだろう。

エレインはなんとか立ち上がろうとしたが、先ほどの戦いで力を使い果たしたのか、もう立ち上がることはできなかった。

「……私はもう走れない。あなただけでも――」

「馬鹿なことを言うな」

苛立ったようにそう口にしたシグルドが、よろめきながらエレインを抱き上げる。

だが彼が一歩足を踏み出そうとしたところで、ちょうど二人がいた場所の頭上の天井が燃えながら落下した。

「っ……！」

間一髪、シグルドは後ろに退避し、巻き込まれずに済んだ。

だが、退路は塞がれてしまった。

シグルドの力が緩んだ隙に、エレインは彼の腕から抜け出す。

「おい、何を――」

「だから、私を置いていって！　あなた一人なら脱出できるかもしれないでしょ！」

もはや立つこともままならないエレインに比べ、シグルドはふらつきながらも歩くことができるのだ。

……この状況で、外までたどり着ける可能性は低いだろう。

それでも、お荷物でしかないエレインを抱えたままよりは、ぐんと生存確率は上がるはずだ。

「……別に、あなたを恨んだりはしないから安心して。これからは私の分までリアナを――」

「ふざけるな」

真剣な目をしたシグルドが、エレインの前に屈み込む。

そして、強く抱きしめられた。

「君は……また俺を置いていこうとするのか」

縋るような、懇願するようなその声に……エレインは目を見開く。

「シグルド……」

「……君が死んだ後、俺がどんな思いでいたかわかるか」

シグルドを裏切り者だと思い込み、絶望のままリーファが命を散らした後……シグルドはどうしたというのだろうか。

「祖国を裏切り、君を死に追いやったあの男は俺が殺した。だが……何も救われなかった。やけになって敵陣に斬り込み、力尽きるまで……俺の心は死んだままだった」

痛いほど強く抱きしめられ、吐露される心情に、エレインの胸は熱くなる。

（シグルドも、ちゃんと私のことを想っていてくれたんだ……）

それだけで、何もかもが報われたような気がした。

「もう、君に置いていかれるのは耐えられない」

縋るように、エレインを抱きしめる腕の力が強まる。

燃え盛る業火は、もうすぐ傍まで迫っている。

それでも、エレインは少しも恐ろしくなかった。

「じゃあ……今度は、最後まで一緒にいて」

きゅっとシグルドの服を掴みながら、小さな声でそう口にする。

シグルドは一瞬驚いたように目を見開いたが……安心させるように、そっとエレインの髪を撫でた。

「……わかった」

このまま二人で脱出を試みても、とても成功するとは思えなかった。

どこかで離れ離れになるくらいなら……最後の瞬間まで、彼の存在を感じていたい。

そんなエレインの我儘を、シグルドは受け入れてくれた。

それが……たまらなく嬉しい。

そっと視線を合わせ、エレインは小声で問いかける。

「今更だけど……あなたはシグルドなの？　ユーゼルなの？」

それとも、エレインと同じように前世と今世が融合したような形なのだろうか。

そんなエレインの問いに、シグルドは汗ばんだ髪をかきあげながら答えてくれた。

「……シグルドだ」

「じゃあ、ユーゼルは？」

「ユーゼル・ガリアッドとしての意識は眠りについている。悪いが、最後まで主導権を渡すつもりはない。今まで散々君との時間を堪能したのだから、最後くらいは俺に譲らせる」

有無を言わさぬ宣言に、エレインは驚きと同時に呆れてしまった。

どうやらエレインとは違い、ユーゼルとシグルドは同じ体に別の人格が同居しているような状態になっているようだ。

「今までずっと、ユーゼルの中で君を見てきた」

「へ？」

「……ずいぶんと、あいつにほだされていたな」

「だ、だって……私にとっては、シグルドもユーゼルも同じなんだもの……」

まるで浮気を責めるような言い方をされ、エレインは思わずしどろもどろになってしまう。

「どちらも、私にとって大切な存在なのは変わらないわ」

そう言うと、シグルドは少しだけ安心したような表情を浮かべる。

「そうか……」

だがその直後、すぐ近くに燃え盛る柱が落ちてきて、シグルドが強くエレインを抱き寄せる。

……もう、残された時間がわずかなのは明らかだった。

「ねぇ、私たち……また、来世でも会えるかしら」

大きな恨みと誤解を抱きながら死に別れ、こうして生まれ変わっても、最後の最後にわかり合えたように。

また、次の人生でも彼と巡り合えるだろうか。

おそるおそるそう問いかけると、シグルドは今まで聞いたことがないような優しい声で告げた。

「会えるさ。俺が絶対に君を探す。だから、待っていてくれ」

その言葉に、エレインの目尻からぽろりと涙が零れ落ちた。

悲しみの涙ではない、紛れもない嬉し泣きだ。

……大丈夫。この言葉だけで、何もかもを信じられるから。

「待つのなんて嫌よ」

そう囁くと、シグルドは驚いたように身を固くする。

そんなシグルドの肩口に額を寄せ、エレインはくすりと笑って告げた。

「私も、あなたに会いに行くから」

その言葉に、シグルドは嬉しそうに笑った。

それはエレインが目にした、常に冷静で無表情なシグルドの、初めての笑顔なのかもしれなかった。

「……君はいつもそうだな。何もかもが、俺の思い通りにはなってくれない。そんな君だからこそ
……祖国を、使命を捨ててでも傍にいたかった」

初めて聞けたシグルドの本音に、エレインの胸は熱くなる。

封印していた、シグルドへの想いが溢れて止まらなくなる。

その想いのまま、エレインは熱と煙でむせそうになりながらも必死に言葉を紡ぐ。

「……ねぇシグルド。私、ずっと、あなたのことが――」

だが言葉の途中で、シグルドの指先がエレインの唇に押しつけられる。

「……俺の方から言わせてくれ」

涙を流しながら頷くエレインに、シグルドは静かな声で告げる。

「リーファ、君は俺にとって……太陽のような存在だった。初めてだった。誰かを目で追わずにはいられないのも、話しかけられると心が弾むのも……君が他の誰かに気を取られていると、嫉妬でどうにかなりそうなのも」

「……うん」

「最初は、当初の目的通り内側から君の国を壊滅させようと思っていた。だが、気がついたら……今までの人生なんてどうでもよくなるくらい、君に惹かれていた」

力の限り、強く抱きしめ合う。

このまま触れたところから溶け合ってしまえたらいいのに。そう思わずにはいられなかった。

「……たとえ悲劇の結末を迎えるとわかっていても、きっと俺は何度でも君に出会うことを願う。君を知らずに平穏な人生を生きるよりも、君と共に短い生を駆け抜ける方がずっといい」

「私も……あなたに会えない人生なんて考えられない」

「あぁ、だから約束だ。また次も巡り合おう」

瞳に互いの姿が映り込むほど、至近距離で見つめ合う。

「……愛してる」

ほとんど同時にそう呟き、唇を重ねる。

なんて幸せな終わりなんだと、エレインはそっと目を閉じた。

第七章

「あぁ、エレイン様！　よくぞご無事で！　わたくし、もう二度と離れませんわ!!」

「痛いわ、グレンダ……」

ぎゅうぎゅうとグレンダに抱き着かれ、エレインは大きくため息をついた。

――ガリアッド公爵邸の私室にて。

エレインはもう一週間も、静養を余儀なくされている。

（まさか、あの状況で生き残っちゃうなんて……）

周囲を業火に包まれ、絶体絶命の状況の中……なんとエレインは生き残ってしまった。

もちろん、ユーゼルも一緒に。

二人が情熱的に告白し合っていた頃、兄と義姉（予定）がまだ中に残っていることを知っていたリアナは必死に二人を助けに行こうとしたそうだ。

だが周囲に止められ、感情が暴走し……彼女の中に秘められていた魔力が覚醒した。

リアナの「ユーゼルとエレインを助けたい」という思いは巨大な雲を呼び、宮殿に滝のような雨を降らせたのだ。

その結果あれだけ燃え盛っていた業火はあっという間に鎮火し、エレインとユーゼルは見事生還を果たしたのである。

「あの時は本当に……まさに神の奇跡だと確信しました！　やはりエレイン様は、わたくしの輝ける戦乙女……。これからも全力で推させていただきますわ！」

「ありがとう……？」

グレンダの熱烈な宣言に、よくわからないまま頷いていると、コンコン、と小さく部屋の扉が叩かれる。

「あら、どなたかしら。ユーゼル様は登城されているはずですが――」

グレンダが応対するために立ち上がり、その際に聞こえてきた「ユーゼル」の名に、エレインはびくりと肩を跳ねさせる。

……あの絶体絶命の状況から救出されて約一週間。

エレインは一度もユーゼルと顔を合わせていない。

正確に言えば、エレインが眠っている間にユーゼルがこの部屋を訪れたことはあるらしいので、エレインの方が一方的にユーゼルと会えていないだけなのだが。

短時間で抜ける薬を盛られたエレインに対し、ユーゼルは明らかに大きな怪我を負っていた。

それでも彼は、既にガリアッド公爵として一連の事件の後処理に奔走しているのだとか。

エレインも彼に会わなくては……と思ってはいるのだが、ただでさえ忙しいユーゼルをわざわざ個人的な理由で呼びつけるのも気が引ける。

それに——。

（どんな顔して、会えばいいのよ……！）

あれだけ情熱的に想いを伝えられたのは、半分くらいは「どうせあと少しで死ぬんだし」という極限の状況に背中を押されてのことだった。

それが、普通に生還してしまったので……まさか穏やかな日常に戻ってユーゼルと顔を合わせる機会があるなんて、計算違いにもほどがある。

（いやでも、私が想いを伝えた相手はシグルドなのよね……。シグルドはユーゼルの意識が表に出ていた時の記憶もあるみたいだったけど、ユーゼルはシグルドの存在は知らなかったし……もしかしたら、何も覚えていない可能性も——）

そう一縷《いちる》の望みに縋っていると、グレンダと共にリアナが姿を現した。

外出用のドレスを身に纏っているところから見ると、公爵邸に戻ってきたばかりなのだろう。

「エレインお姉様、お加減はいかがですか？」

「リアナ……ありがとう。もうすっかり大丈夫よ。私もユーゼルの婚約者として、先の一件の対応を——」

「いけません！　あと一週間は静養するようにとお兄様も言ってましたし！」

「でも、本当に大丈夫で……っ！」

さすがに何も異常はないのに寝てばかりいるのは気が引ける。

特に、ユーゼルやリアナが忙しくしているこの状況では。

そんな思いを込めてそう口にしたのだが、リアナの目元に涙が光っているのに気がつき息をのんだ。

「お姉様、わたくし心配なんです。お姉様まで、いなくなってしまったらと……」

必死に涙を堪えるリアナの姿に、エレインの胸は痛んだ。

……彼女が懸想していたイアンは、あの火事で亡くなった。

もっとも、エレインとシグルドしか知る者のいない彼の悪行は表に出ることなく、「神官として最後まで避難誘導を行い、逃げ遅れたのだろう」とその死を悼まれているそうなのだが。

想い人を失ったリアナは、それでも気丈に振舞い、前を向いている。

だが時折こうして……深い悲しみが表出してしまうことがある。

少しでも彼女の悲しみを癒すためにエレインにできるのは、そのいじらしいお願いをそのまま受け入れることだけだった。

「……ええ、ゆっくり休ませてもらうわ。リアナ、あなたも無理しちゃ駄目よ。あなたが倒れでもしたら、私は心配でどうにかなっちゃいそうだもの」

「ふふ、ありがとうございます、エレインお姉様。……お姉様がいてくださって、本当によかった」

泣き濡れた顔で、それでもリアナは美しい笑顔を見せてくれた。

(そうね……これからも、リアナの傍でこの笑顔を守れるんだもの。うじうじしている場合じゃないわ)

リアナは希少な魔力持ちであり、特にその能力が開花した今となっては誰もかれもが彼女を欲するだろう。

どんな不届き者が彼女に近づいてくるかわからない以上、エレインがしっかりと守らなければ。

前世と同じように……いや、今度は志半ばで彼女の元を離れたりはしない。

ずっと傍で、守り続けるのだ。

（なんていっても私はリアナの義姉なんだもの！　家族なんだから合法的に傍にいられるわ！　まぁ、ユーゼルと正式に結婚すれば、の話だけど……）

彼のことを考えると、胸がじわりと熱くなる。

……彼と顔を合わせるのが怖い。だが、早く会って話したいことがたくさんある。

（二人が出会わない平穏な人生よりも、共に駆け抜ける短い生の方がいいってあなたは言ってくれたけど……一緒に、長く平穏な人生を過ごしていくのも悪くないと思わない？）

ぎゅっと抱き着いてきたリアナの頭を撫でながら、エレインはそっと思いを馳せた。

◇◇◇

エレインがユーゼルとじっくり話す機会を得たのは、更にそれから一週間後のことだった。

「……エレイン様、ユーゼル様がお見えです」

あまり寝てばかりいると体がなまる……と密かにベッドで腹筋をしていたエレインは、やってきた侍女の言葉に慌てて微笑む。

「ありがとう。すぐに行くわ」

慌てて額に滲《にじ》んだ汗を拭い、エレインは立ち上がる。

およそ二週間ぶりに顔を合わせたユーゼルは……エレインの姿を目にすると、ほっとしたように表情を緩めた。

「エレイン……！」

小走りで近づいてきたユーゼルに強く抱きしめられ、エレインは思わず赤面する。

「ちょっと、侍女が見て――」

「どうでもいい」

きっぱりとそう言い切るユーゼルに、何かを察した侍女たちはささっと退室してしまった。

残されたのは、ユーゼルとエレインの二人だけだ。

「君が後遺症もなく元気にしているということは報告を受けていたが……こうしてこの腕で抱きしめるまでは、ずっと怖かったんだ……」

殺しても死なないようなユーゼルとは思えない弱気な言葉に、エレインは目を丸くする。

（ユーゼルでも、弱気になることがあるのね……）

そう思うと、胸の奥から愛しさが込み上げてくるようだった。

「……大丈夫、私はここにいるわ」

そう囁くと、ユーゼルは大きく息を吐いた。

そんなユーゼルに、エレインは確認の意味を込めて呼びかける。

「……ユーゼル」

「どうした、エレイン？」

ユーゼルはすぐに、柔らかく微笑みながら問い返してくれた。

……どうやら今表に出ているのは、「ユーゼル」としての人格で間違いないようだ。

ということは――。

（やっぱり、私の決死の告白を覚えてない……？）

元々、エレインはイアンを片付けたらユーゼルに自身の想いを――これからも人生を共にしたいと伝えるつもりだった。

だが、予想外のアクシデントが発生したとはいえ、あれだけ情熱的に想いを伝え合ったのが完全に忘れられてしまった。

再度想いを伝えなくてはならないとなると……どうにもこうにも恥ずかしいのである。

しかも、おそらくはユーゼルの中で「シグルド」もエレインの告白を聞くことになるのだろう。

あの何を考えているかわからない顔で「俺の時よりも落ち着いているな」などと評価されるのかもしれない。

（どんな羞恥プレイよ……！）

考えれば考えるほど、足踏みしてしまうのだ。

「あの、ユーゼル……あの日、宮殿の中で何があったか覚えてる……？」

おそるおそるそう問いかけると、ユーゼルは少し沈んだ表情で答えてくれる。

「……俺が覚えているのは、落下するシャンデリアから君を庇ったところまでだ。リアナによれば、その後一度は宮殿の外に出たが、まだ中に残っていた君を救出するために大広間まで戻ったらしい」

「そ、そうなの……」

（やっぱり忘れてる……！）

エレインとリーファとは違い、いまだにユーゼルとシグルドは人格や記憶が統合されていない。

それが今は、たまらなく憎らしく思えた。

（どっちも、好きなのには変わらないけど……）

せめて大事な情報くらい共有しておけ！　と、二人並べて説教してやりたい気分だった。

エレインがそんな理不尽な思いを抱いているとは露知らず、ユーゼルはエレインを抱き寄せ告げる。

「なぁ……そろそろあの時の続きを聞かせてはくれないか？」

「っ……！」

彼の言う「あの時」がいつなのかは、すぐに察しがついた。

ユーゼルと二人で、時計台の上から王都を見下ろしたあの夜。

――「……もう少しで、心の迷いが晴れそうな気がするんです。そうしたら、先ほどの言葉にもきっとお返事ができます」

確かに、エレインはそう口にした。

過去のことは水に流して……いや、とても流せる気はしなかったが、きちんと自分の中でけりをつけて、伝えるつもりだった。

……エレインも、ユーゼルを愛していると。これからの人生を共にしたいと。

そのつもりだったのだが……。

(だって、ユーゼルの中にシグルドが眠っているなんて知らなかったんだもの……！)

ユーゼルに愛を伝えれば、彼の中にいるシグルドにも聞かれてしまう。

言ってしまえば、それがとてつもなく恥ずかしいのだ。

「焦らし上手だな、エレイン……」

顔を真っ赤にしてふるふると首を横に振るエレインに、ユーゼルは何を勘違いしたのか強く迫ってくる。

「ぁ、ちょっと……」

「もう待てない」

「ひぃ！」

(だから、まだ心の準備が……！)

パニックになったエレインは、とっさにとんでもないことを口走ってしまった。

「わ、私には来世を約束した人がいるの！」

「…………は？」

途端に、ユーゼルが地を這うような低い声を出す。

常人ならば一瞬で縮み上がってしまうような威圧感だが、エレインは徐々に冷静さを取り戻しつつあった。

(ごめんなさい、ユーゼル。あと少しだけ……時間をちょうだい)

前世も今世も、変わらずあなたに夢中だと。

今ここにいるユーゼルも、彼の中でこのやりとりを聞いているであろうシグルドも……どちらもたまらなく好きなのだと。

そう素直に伝える勇気が出るまで、もう少しだけ猶予が欲しいのだ。

(大丈夫。私たちには……まだまだ時間があるのだから)

あからさまな嫉妬を宿した視線を向けてくるユーゼルに、エレインはくすりと笑う。

これまで彼はずっと、エレインの心を翻弄し続けたのだ。

だから少しぐらい、意趣返しをするのは許してほしい。

「私に振り向いてほしいのなら、もっと本気で口説いてくださいな」

そう挑戦的に微笑むと、ユーゼルはすっと俯いた。

怒ったのだろうか……と息をのむエレインの前で、ユーゼルはゆっくり顔を上げる。

「そこまで挑発するのなら……覚悟をしてもらおうか」

そう口にしたユーゼルは、ぎらりと目に闘志を宿らせながら笑っていた。

その表情に、エレインの背筋にぞくぞくと歓喜が這い上がってくる。

(そうよ、これよ……!)

砂糖菓子みたいに、ひたすらに甘い愛も悪くない。

だがこんな風に……抜身の刃を向け合うような、そんな刺激的な愛も時には欲しくなってしまうのだ。

「……お手並み拝見いたしましょうか」

「言ったな?」

強くエレインの肩を掴んだユーゼルが、性急に顔を寄せてくる。

エレインも目を閉じ、彼を受け入れる。

前世と今世——たっぷり二人分の、愛の海に溺れるために。

あとがき

初めまして、柚子《ゆず》れもんと申します。

このたびは『結婚相手は前世の宿敵!? 溺愛されても許しません』をお手に取っていただき誠にありがとうございます。

前世と今世を巡るラブロマンス、いかがでしたでしょうか。

国一番の騎士という前世を持ち、精神面でもしたたかで強い主人公エレイン。

義妹リアナやエレインのファンであるグレンダの前では常に凛々しい彼女ですが、前世の宿敵であり今世の婚約者であるユーゼルにはつい振り回されてあたふたしてしまう……。

そのギャップがたまらない！　……という気持ちで書かせていただきました！

書籍版ではまろ先生のイラストが本当に素晴らしくて、本作の魅力を１２０％引き出していただいております。

リアナやグレンダと一緒にいるときのエレインは本当にかっこよくて、イラストのように跪いて手を差し出されたら惚れちゃうこと間違いなし！

それなのにユーゼルと一緒にいるときは乙女な部分が滲みだしていて、なんとも可愛らしいのがたまりません……！

エレインを振り回すユーゼルも本当にかっこよくて、二人並んでいるイラストはまさに目の保養です！

そんな一粒で二度も三度も美味しい本作、お楽しみいただけましたら何よりです。

私は普段、ＷＥＢ小説投稿サイトの「小説家になろう」でいろいろな作品を連載しています。

もしも本作を気に入ってくださった方は、是非そちらの方も見に来ていただけると嬉しいです！

本作のプロトタイプ版も掲載されておりますので、書籍版とどう違うのか見比べてみるのもお勧めです。

最後になりましたが、書籍化にあたり超絶美麗イラストを描いてくださったまろ先生、本作の出版に関わってくださったすべての方々、そしてここまで読んでくださった読者様に感謝を申し上げます。

柚子れもん

初夜下剋上
shoya gekokujyo
Chikuwa
竹輪
Illustration
深山キリ
ぽっちゃり姫ですがイケメン副団長の夫と
一夜で立場が逆転しました
夫の思い通りに痩せて
なんてやらないんだから！
フェアリーキス
NOW ON SALE

江本マシメサ
Mashimesa Emoto
Illustration みずきたつ
バッドエンド回避のため、
愛する前世の夫から
逃げ回っています
badend kaihi no tame
aisuru zense no otto
kara nigemawatteimasu
フェアリーキス
NOW ON SALE
運命に抗う公爵令嬢 × 武骨な強面騎士様
公爵令嬢ジュリエッタは前世の夫バルトロマイと再会したものの、互いの家は政敵同士。実は彼とは前世でも家の確執ゆえに悲惨な末路を迎えていた。だから今世は徹底して彼を避けていたのに、なぜか何度も遭遇してしまい!?　その上彼は前世の記憶がないのに会えば必ずアプローチ。直球なその言動に不覚にもときめいて……。そんな折、両家の確執の裏に彼女の家に憑いた悪魔がいることが判明。二人で真相を探ろうとするが!?
フェアリーキス
ピュア
fairy kiss

結婚相手は前世の宿敵!? 溺愛されても許しません

著者　柚子れもん　© Yuzu Lemon

2024年3月5日　初版発行

発行人　藤居幸嗣

発行所　株式会社 J パブリッシング
〒102-0073　東京都千代田区九段北3-2-5 5F
TEL 03-3288-7907　FAX 03-3288-7880

製版所　株式会社サンシン企画

印刷所　中央精版印刷株式会社

定価はカバーに表示してあります。
万一、乱丁・落丁本がございましたら小社までお送り下さい。

ISBN:978-4-86669-642-3
Printed in JAPAN